お嬢、なぜ隣の部屋に引っ越してきたんですか？
ラブラブあまあま夏休みライフを過ご…………一人暮らしに興味があったからよ
おかわりはいる？
お嬢、疑似新婚生活を満喫する

お嬢、水着姿を
見せつける
天堂星音
恋愛以外は全てにおいて完璧なお嬢様。最愛の執事影人を振り向かせるため、日々アプローチをしかけるが空回り気味。
羽搏乙葉
影人達のクラスに転校してきた「歌姫」と呼ばれる少女。影人に想いを寄せており、星音とはライバルだが不思議と息が合う。

四元院海羽
天堂家と関わりのある名家、四元院家の令嬢。星音とは対照的な少女で、大人しい外見の内に星音への対抗心を隠し持っている。

「お嬢。怒っている理由を教えてもらえませんか？」
お嬢、可愛く拗ねる
「…………私をほったらかしにした」

俺が告白されてから、お嬢の様子がおかしい。2

左リュウ

HJ文庫
1163

口絵・本文イラスト　竹花ノート

CONTENTS

ORE GA KOKUHAKU SARETEKARA,
OJO NO YOSU GA OKASHII

プロローグ　海か山か合コンか

「これでよし、と……」

額に流れた微《かす》かな汗《あせ》をぬぐう。冷房《れいぼう》が効いているとはいえ、ダンボールを開梱《かいこん》して荷物を取り出し、独りで部屋に配置していくのは中々に骨が折れた。

「足りないものは後で買い足しとくか。夏休みだけとはいえ、余ったら持ち帰って自分で使えばいいし……」

準備が済んだところで、あらためて部屋を見渡《みわた》す。

ベッドやテーブル。電子レンジ、冷蔵庫などの最低限の家具や家電以外は特に飾《かざ》り気《け》のない簡素な部屋。後はテレビを繋《つな》げれば一旦《いったん》は完成だ。テレビに関しては世間に流された表向きの情報をチェックする上で欠かせないので、早急《さっきゅう》に繋いでしまおう。期間限定で天《てん》堂《どう》家から離《はな》れているとはいえ、何もしないわけにもいかない。

夏休みに入る前、旦那《だんな》様《さま》とお嬢《じょう》の許可をとり、雪道《ゆきみち》のツテを頼って、このマンションの部屋を借りた。

最初は非常時に備えていつでもお嬢のもとに駆《か》け付けられるよう、天堂《てんどう》家のお屋敷《やしき》から近い場所にしようと思っていた。だがそれは旦那様から強く止められ、更《さら》にはお嬢の後押《あとお》しもあって、お屋敷から離れた場所になった。

学園を挟《はさ》んで丁度《ちょうど》、真反対の位置になるだろうか。

……心配はあるものの、俺《おれ》にとってもよかったのかもしれない。

下手にお屋敷に近いと天堂《てんどう》家の環境《かんきょう》に甘《あま》えてしまうだろうし、それだと本末転倒《ほんまつてんとう》だ。

そして、夏休み初日。

俺は天堂《てんどう》家から離れ、期間限定の一人暮らしを始めた。

「さて。まずは何をするか」

この一人暮らしの目的は己《おのれ》を磨《みが》くことではあるが……一番の目的としては、お嬢の傍《そば》から離れることだ。そもそもの発端《ほったん》は、俺が傍に居ることでお嬢の成長を阻害《そがい》してしまうと思ったことなのだから。

だから具体的に自分で何かをする必要はないといえばない。

「…………とりあえず腕《うで》立《た》て伏《ふ》せでもするか」

とにかくお嬢の傍から離れなければ、という思いが強すぎたために、具体的に何をするのかを決め損《そこ》ねてしまっていた。我ながら間抜《まぬ》けが過ぎる。

「五千百七十八、五千百七十九……」

「うーっす。邪魔《じゃま》しに来たぞー……って、何してんだお前」

腕立て伏せをしていたら、急に雪道《ゆきみち》が部屋に入ってきた。

「いや。特にやることもなかったから」

「それで腕立て伏せってのもわけわからんが……」

「というか、どうやって入ってきたんだよ。鍵《かぎ》はかけてたはずだぞ」

「合鍵《あいかぎ》だよ、合鍵」

「渡《わた》した覚えはないんだけどな」

「ははは。まあ、色々とな、色々」

その『色々』を聞き出したいのだが、こいつに問うてもロクな答えが返ってくるわけがないので黙《だま》っておこう。

「ま、よーするにだ。お前、暇《ひま》なんだな？」

「…………認めるのは癪《しゃく》だが、暇だ」

「せっかくの夏休みだってのに寂《さび》しいねぇ」

「せっかくの夏休みにこんなところに来てるお前も中々に寂しいやつだと思うけどな」

「舐《な》めんなよ。オレが何の理由もなく夏休み初日に野郎《やろう》の家に寄ったりするかよ」

こいつが来た時点でそんなことだろうとは思っていたけど。

「……で、結局は何の用件で来たんだ」

「せっかく夏休みになったんだし、お前を遊びにでも誘《さそ》ってやろうと思ってな。今までは天堂《てんどう》家のあれやこれやで遊ぶ暇なんてなかっただろ」

「当然だ。遊ぶ暇があるならお嬢のために尽《つ》くした方がいいからな。むしろそれ以外の時間は要《い》らない」

「けど今はそのお嬢様からは離れてるわけだ。しかも暇を持て余しているときてやがる」

「……………」

そこを指摘《してき》されれば弱い。『お嬢の傍から離れる』という俺の当初の目的は引《ひ》っ越《こ》しが済んだ時点で達成されている。そして暇を持て余して腕立て伏せまで始めてしまったのもまた事実だ。

「確かに暇は持て余している。けど、だからってダラダラと遊んでばかりいては資金を出してくださった旦那様に申し訳が立たない。この夏休みは、己を磨くために使うと決めているんだ」

「その旦那様から頼《たの》まれちゃったりするんだなー、これが」

「なん……だと……!?」

まさに驚愕《きょうがく》の事実とはこのことだ。

冷房が効いた部屋だというのに、思わず眩暈《めまい》がしたほどだ。

「つまり、お嬢も同じことを仰《おっしゃ》っているのか……⁉」

「……いや。あのお嬢様は無関係だ。天堂《てんどう》家当主からも内密にするように言われてる」

「そうなのか？　けど、なんでわざわざお嬢にも秘密に……」

「そりゃなー。愛《いと》しの一人娘《ひとりむすめ》をそう簡単には渡したくはないわなー。けど、これがあのお嬢様に知れたらオレの身もやべーわけで……はぁ。まさかこの歳《とし》から中間管理職の気持ちが理解出来るとは思わなかったぜ」

「？」

「いや。なんでもない。こっちの話だ」

雪道《ゆきみち》は仕切り直すように咳払《せきばら》いしつつ、

「いいか、影人《えいと》。敢《あ》えてハッキリ言わせてもらうぞ」

びしっ、という音が聞こえてきそうな勢いで、雪道《ゆきみち》は俺を指でさした。

「お前には――――遊びが足りないッ！」

「あ、遊びが足りない……⁉」

「そうだ！　お前は真面目過ぎるんだよ！　もっと遊べ！　遊《あそ》び呆《ほう》けろ！」

「待て雪道《ゆきみち》！　お嬢の傍に仕える者としての相応しい振《ふ》る舞《ま》いがある！　遊び呆けていることなんて俺にはできない……！」

「だからお前はいつまで経《た》っても成長できないんだ！」

「成長……できない……⁉」

頭をガツンとハンマーでぶん殴《なぐ》られた気分だ。

今の俺にとって、それほど『成長できない』という言葉は効いた。

「真面目に勉強だけしているやつよりも、何だかんだで上手《うま》く遊んでいる奴《やつ》の方が、世の中は得するようにできているもんだ！」

「お前が言うと嫌《いや》みなぐらい説得力があるな……！」

「影人《おまえ》に言われるのは癪だが誉《ほ》め言葉と受け取っておいてやる。……つまりだ。『遊び』というのは時として、人間を成長させる糧《かて》にもなる。『遊び』って言葉面はちょい悪いが、言い換《か》えれば『経験』でもあるからな。色んな経験を積んだ方が、いざって時に柔軟《じゅうなん》な対応ができる」

こいつの言い分を認めるのは癪だが一理ある。

俺がこれまで狭《せま》い世界で生きてきたと指摘されれば頷《うなず》くしかない。無論、得難《えがた》い経験をしてきたという自負はある。その反面、所謂《いわゆる》『普通の経験』に乏《とぼ》しいのではないだろうか。

「影人《えいと》。お前に必要なのは『一般的《いっぱんてき》な男子高校生』としての経験だ！　突《つ》き詰《つ》めればそこが、お前がここから成長できる『余地』とも言えるだろう！」

これまた悔《くや》しいが、こいつの話にはどこか引き込《こ》まれる魅力《みりょく》がある。お嬢とは違《ちが》った面で、こいつもまた人を動かす立場の人間なのだろう。

……まあ、お嬢が『カリスマ性』だとすれば、こいつの場合は『詐欺師《さぎし》』と表現した方がしっくりくるのだが。

「……いいだろう。お前の言う『一般的な男子高校生』としての経験を積んでやろうじゃないか」

「分かってくれたか！」

「ああ。……それで、何をして遊べばいいんだ」

「それは……」

「……それは？」

雪道《ゆきみち》はもったいぶったように一拍《ぱく》置き、

「――――合コンだ！」

「絞《し》め殺すぞ」

しまった。つい本音が出てしまった。

「待て。お前に絞め殺すと言われたら冗談《じょうだん》でも冗談じゃなくなる」

「すまん。あまりにもバカみたいな提案が出てきたもんだから……」

「困惑《こんわく》するのも分かる。一般的に、合コンとは大学生以上の、いわゆる大人の方々がする

ものだからな」

「俺が困惑してるのはお前の頭にだよ」

やっぱりこいつは詐欺師か何かなんじゃないだろうか。

「合コンっていうのはあくまでも言葉の綾《あや》ってやつだ。実際は、他校の子たちと集まって一緒《いっしょ》にお喋《しゃべ》りしたり飯を食ったりしようってだけの、至って健全な集まりなのさ」

「つまり………他校の生徒と交流を深めようって感じか？」

「そういうこと。しかも今回の交流相手はお嬢様学校として名高い『鳳来桜学園《ほうらいおうがくえん》』！　天《てん》堂《どう》家当主のツテでセッティングしてもらったってわけよ！」

「だ、旦那様が合コンのセッティング⁉」

「おうよ！　つまりこいつは、天堂《てんどう》家当主公認《こうにん》の合コンってわけだ！」

なんということだ。よりにもよって旦那様が合コンのセッティングを……？

これが現実だというのか？　ダメだ。俺の中の常識と噛《か》み合わない。

「本当ならこんな滅多《めった》にないチャンスにお前を連れて行くことは避《さ》けたかったんだが……それが当主の条件だったからな。仕方がなく誘ってやってるってわけよ。あ、断ってくれても全然いいけどな？　そうすりゃ初々《ういうい》しい花々を独占《どくせん》される可能性は減るし」

「いや……旦那様が関与《かんよ》したとなれば、出席しないわけにもいかない……泥《どろ》を塗《ぬ》ることになるから、な……」

しかし分からない。理解が追い付かない。

なぜ旦那様はそこまでして俺を合コンに……？

「しかし、いくら旦那様のツテがあったからとはいえ、よくあのお嬢様学校の生徒たちを引っ張り込めたな……いや、もしかして、例の件か？」

「鳳来桜学園《ほうらいおうがくえん》が近々、共学化する動きがあるのは知ってるだろ？　今回の件はその一環《いっかん》だな。二学期には、天上院《ウチ》学園からの選抜《せんばつ》生徒が向こうの学園に、試験的に通うことになってるし……だからまァ、オレは個人的に合コンと呼んではいるが、正式には『交流会』だな」

交流会か。なるほど……雪道《ゆきみち》が大袈裟《おおげさ》に言ってただけか。

流石《さすが》は旦那様だ。恐《おそ》らく『天堂《てんどう》家に仕える者として学園に貢献《こうけん》しなさい』ということなのだろう。

「分かった。そういうことなら、参加させてもらうよ。その『交流会』」

「合コンな」

「なんでその呼び方に拘《こだわ》るんだよ……」

「んじゃま、詳細《しょうさい》は追って伝えるからさ。そのつもりでいろよ～」

ひらひらと手を振って、そのまま雪道《ゆきみち》は家から出て行った。

どうやら今日はこれを伝えるためだけに来たらしい。……けど、何だかんだで俺の様子も見に来てくれたんだろうな。この件を伝えるだけならメールなりメッセージアプリなりで十分に事足りる。

「合コンか……お嬢に仕えてた頃《ころ》は、考えもしなかったことだな」

☆

オレは影人《えいと》のいるマンションから出た直後、近くの公園である人物に電話を掛《か》けた。コール三回ピッタリで、件《くだん》の人物は電話にでる。

その相手とは現・天堂《てんどう》家当主――天堂雄太《てんどうゆうた》さんであり、今回の依頼人《クライアント》でもある。

「あー、オレっス。はい。予定通り、合コンの件は伝えました。参加するようです」

何となく、影人《えいと》がいるマンションへと視線を送る。

今頃《いまごろ》あいつは何も知らずにいるのだろう。

「ああ、はい。案の定、何も勘《かん》づいてませんでしたよ。まあ、夢にも思っていないでしょうね。今回のこれが『合コン』でも『交流会』でもなくて――影人《アイツ》の『お見合い』だってことは」

そう。今回、オレが影人《アイツ》に持ち掛けたのは実のところ『お見合い』である。

なぜこうなったか？　理由は至ってシンプル。

天堂《てんどう》家当主が親バカだからだ。

カワイイ一人娘を嫁《よめ》に出したくない。しかし、その肝心《かんじん》の娘《むすめ》は影人《えいと》に夢中。

ということで、影人《えいと》にはさっさと恋人《こいびと》を作ってもらおうと画策したわけだ。

……マジでただの親バカだな。その辺は、奥様《おくさま》であるところの天堂陽菜《てんどうひな》さんにはたしなめられる……というか、怒《おこ》られることも多いらしいけど。

「分かってますよ。あのお嬢様には内緒ってことぐらい。流石にバレたらオレだってヤベーですし、何より雄太さんもヤバいでしょ？　大丈夫《だいじょうぶ》です。秘密は守りますよ。ははは」

「――あらあら。興味深い話が聞こえてきたわね？　乙葉《おとは》」

「――……うん。今、『お見合い』という言葉を確かに聞いた」

「はは……は…………」

「影人《えいと》に恋人を作るためのお見合いだなんて、ねぇ……」

「……初耳」

「…………………」

「しかも、お父様がセッティングしたとかなんとか」

「……わたしたちに黙って」

「「……本当に、興味深い話」」

「…………………………………………」

まるで空間がどす黒い闇《やみ》に侵食《しんしょく》されているかのような威圧感《いあつ》。

あまりの恐ろしさに身体が震《ふる》え、振り向くことすらままならない。

というか、今、不用意に振り向きでもすれば……命はないだろう。

「お父様と繋がってるのよね？」

「……そのスマホ、渡して」

「…………………………………………」

口を開くな。風見《かざみ》雪道《ゆきみち》。

情報を扱《あつか》う者として、依頼人《クライアント》のことを喋るわけにはいかない。ましてやスマホを渡すわけには……！

「ねえ、風見《かざみ》」

「……聡明《そうめい》なあなたに、一つだけ質問する」

「…………………………………」

喋るな。喋るな。喋るな。沈黙《ちんもく》を貫《つらぬ》き通せ……！

「『……海と山、どっちがいい？』」

「どうぞお納めください」

すみません。雄太さん。

海の底に沈《しず》められるか、山の中で生《い》き埋《う》めにされるか。

そんな二択《たく》を突きつけられれば、オレだって従うしかない。

だって命が惜《お》しいから。

「さて……ゆっくりお話ししましょうか、お・と・う・さ・ま？」

オレには心なしか、スマホが震えているように見えた。

……よし。この間に逃《に》げよう。なに、スマホの一台ぐらい惜しくはない。命には代えられないのだから。

「……どこに行く気？」

こっそりと逃げようとするオレの肩《かた》を、歌姫《うたひめ》様の手が掴《つか》んで止めた。

知らなかったな……羽搏乙葉《はばたきおとは》って、こんなにも握力《あくりょく》が強かったんだ……。まるで万力じゃないか。ははは。この痛み、肩が脱臼《だっきゅう》してるんじゃないかな。

「二人とも、正座しなさい」

「……事情を全て吐《は》いてもらう」

第一章　策略と謀略の王様ゲーム

合コン当日がやってきた。

まさかの天堂《てんどう》家ご当主を経由してセッティングされたとあっては、参加しなければ旦那様の顔に泥を塗ることになる（雪道《ゆきみち》の顔にならなら別に泥を塗ってもいいのだが）。

歩きながら、あらためて自分の服装に不備がないかを確かめる。Tシャツに七分袖《しちぶそで》のテーラードジャケット、パンツといったいつも通りの私服。合コンというものに不慣れなのでどんな服装で行けばいいのか分からなかったが、雪道《ゆきみち》からは「普通でいいんだよ、普通で」と言われたので普通にしている。

……ま、そうだよな。思えば俺はお嬢の傍にお仕えして、その仕事をしている関係上、大人がやり取りをする場に関わることが多かった。一般的な学生の規模感というものがまだ掴めていないという自覚はある。

とはいっても鳳来桜学園《ほうらいおうがくえん》そのものはお嬢様学校だ。

裕福《ゆうふく》なご家庭の方が多い。向こうからしても、こちらの一般的な高校生の視点というものを学ぶつもりなのではなかろうか（共学化の件もあることだし）。

ここは一緒に勉強するつもりで挑《いど》むとしよう、と決意を新たにしたところで、改めてスマホに表示されている店の情報を確認《かくにん》しておく。

実はつい昨日、合コン会場として利用する予定だった店舗《てんぽ》を変更《へんこう》するという連絡《れんらく》を受け取ったのだ。

「それにしても今回の変更連絡《へんこうれんらく》……雪道《ゆきみち》にしてはずいぶんと急だったな……」

あいつはチャラチャラした見た目をしているが、あれでこういった計画を立てる時はきっちりしている。

調べものや細かい計画を立てるのも得意だ。そんな雪道《ゆきみち》が、こんなタイミングで店を変更するとは珍《めずら》しいこともあるもんだ。

幸いにして今のところ店以外は変わることはないようだし、このまま集合場所に急ぐとしよう。

☆

「はぁ……ついに来ちまったか。今日という日が」

天堂《てんどう》家ご当主直々にセッティングしてもらった今回の合コン。実はオレの中では結構楽しみだったりしている。実態としては影人《えいと》のお見合いみたいなもんだが、だからといって『鳳来桜学園《ほうらいおうがくえん》』の方々とお近づきになれるなんてのは滅多にないチャンスだ。

ここで新しいツテを作れるかと楽しみにしていたのだが……それも少し前までの話。

今となっては『楽しみ』という気持ちよりも、恐怖心《きょうふしん》の方が勝っている。

何しろとても恐ろしくておっかない邪魔が入ってしまったわけで……。

「風見《かざみ》。あなた今、『邪魔が入った』って思ったでしょ」

「ははは。なーに言ってんスか。そんなこと思ってませんってば」

「……右腕《みぎうで》の骨に誓《ちか》って？」

「申し訳ございませんでした」

すっかりこの身体に刻《きざ》み込まれた土下座ムーヴで、天堂《てんどう》さんと羽搏《はばたき》の二人に平伏《へいふく》する。

つーかなんだよこの二人。こえーよ。超能力者《エスパー》かよ。

……天堂星音《てんどうほしね》といえば、あ、の、天堂《てんどう》陽菜の娘だから特別驚《おどろ》かねーけど。

「それにしても、流石は天堂《てんどう》グループっスねぇ。今日一日店を丸ごと貸切るのはともかくとして、息のかかった従業員まで手配するとか」

「あなたとお父様が余計なことをしなければ、こんなことする必要もなかったんだけど」

「と、ところで、もう準備は終わったんスか⁉」

なんとか会話で空気を誤魔化《ごまか》そうとしたら余計な地雷《じらい》を踏《ふ》んでしまった。

口に関しては自信があるが、とてもこの二人に勝てる気はしねぇ。むしろ下手に誤魔化そうとすると命の危険を感じるぐらいだ。

「……細工は流流」

「あとは仕上げを御覧《ごろう》じなさい」

この控室に来ているということはそうなんだろう。

事実、二人は既《すで》に例の服装に着替《きか》えている。準備は万端《ばんたん》というわけだ。

何も知らない影人《えいと》にはご愁傷様《しゅうしょうさま》としか言いようがないな。……いや。思えばこんなハイスペック美少女二人にここまでデカい好意を寄せられているのだから、同情するのも違うか。むしろちょっぴりギルティ。

「そっちはどうなのよ。もう集合時間の一時間前じゃない」

「……一刻も早く集合場所に向かうべき」

「ここから集合場所まで歩いて五分ぐらいですし、流石にまだ早いでしょう。ははは」

「「はぁ…………」」

なんか、二人にえらく重いため息をつかれた。

言葉にすると「本当に分かってないないなこいつ」みたいな感じだ。

「一瞬《いっしゅん》で準備して秒で出発しなさい。早く。今すぐに」

「えっ……な、なんで……」

「…………分からない？」

どうやら羽搏《はばたき》さんは天堂《てんどう》さんの言いたいことが分かっているらしい。

……もしかしてこの場で分かってないのって、オレだけ？

「あ、あのぉ……念のため、理由を聞いてもいいでしょうか？」

「仕方がないわね。いいかしら？　影人《えいと》のことだから、きっといつもの癖《くせ》で一時間前には集合場所に到着《とうちゃく》しているはず」

「はぁ……それはまァそうでしょうけど。それが何か問題あるんスか？」

「……そして、その集合場所にはきっと………」

「……きっと？」

「『かわいい泥棒猫《おんなのこ》がいるはず』」

なんか言いたいことが分かってきたぞ。

「その泥棒猫は影人《えいと》と集合場所に二人きりになって、ちょっとした会話とかがきっかけで興味を持たれちゃったりするのよ……！」

「いや、まさか。いくらなんでもそんなこと……」

「……『ない』って、言い切れる？」

「あの影人《えいと》よ」

「ない……とは……言えない…………なぁ……」

言われれば言われるほど『奴ならありえる』という気持ちが大きくなってきた。

「またフラグを建てられる前に、さっさと空気を壊《こわ》してきなさい」

どうやら天堂《てんどう》さんの中では既に影人《えいと》の傍に新しい女が近づいていることになっているらしい。この人は本当に、こと影人《えいと》のことになるとあまりにも勘が良すぎる。

「……分かりました。準備してすぐに行きます」

出来るだけ早く準備して、可能な限り早く集合場所に向かうとしよう。

オレだって命は惜しいからな。

☆

集合場所である駅前の広場にある噴水《ふんすい》に来てみると、休日ということもあって人で賑《にぎ》わっていた。これだと誰《だれ》が今回の合コン参加者か分からないな。……まぁ、いつもの癖で一時間前に来てしまったので、集合の時間まで間がある。周辺に不審《ふしん》なものが無いかを確認しつつ、時間を潰《つぶ》すか。

「……っと？」

ふわり、と。視界の端《はし》を純白のハンカチが横切った。風に煽《あお》られて飛ばされてしまったのだろうか。そのまま天高く舞い上がりそうなハンカチを反射的に掴み取る。

風の流れから飛ばされてきた方向を予測して視線を向けると――――まず目に入ったのは日傘《ひがさ》。そして次に薄《うす》い青《あお》色の長い髪《かみ》。清純な印象を抱《いだ》かせるワンピースに身を包んだ、一人の少女がそこにいた。

（あの方は……）

見覚えがある。いや、見覚えがあるなんてものじゃないな。

――――四元院《しげんいん》家。

古くより天堂《てんどう》家との関わりの深い名家だ。

そしてこのワンピース服の少女は、その四元院《しげんいん》家のご令嬢《れいじょう》である……

「四元院海羽《しげんいんみう》様？　お久しぶりです」

「お久しぶりですわね、夜霧《やぎり》様。春頃《はるごろ》に行われたパーティー以来かしら」

「ええ。……あ、こちらのハンカチは、四元院《しげんいん》様のものでしょうか？」

「はい。風で飛ばされてしまいましたの。ご親切に、ありがとうございます」

キラキラとした砂浜《すなはま》を思わせる美しく白い肌《はだ》。膨《ふく》らんだ胸にきゅっとしたウエスト。バランスの整った体形はどこかお嬢に似ている。

日傘を持つ手。風に流されそうになる髪を押さえる指。繊細《せんさい》な仕草はどことなく柔《やわ》らかく、力強い意志を感じさせるお嬢とは正反対だ。

お嬢を『火』とするなら、この方は『水』。

お嬢を『剣《けん》』とするなら、この方は『弓』。

お嬢を『剛《ごう》』とするなら、この方は『柔』。

お嬢が令嬢離《れいじょうばな》れした天真爛漫《てんしんらんまん》さを見せるだけに、四元院《しげんいん》様のような清楚《せいそ》なご令嬢はどことなく新鮮《しんせん》だ。

……って、ダメだな。どうしても、お嬢を基準にして考えてしまう。お嬢から離れるための夏休みだというのに。それにいくら口に出していないとはいえ、いきなり他の女性と比べてしまっては失礼だ。反省しないと。

「ところで、四元院《しげんいん》様はどうしてこのような場所に?」

四元院《しげんいん》の家は古くから天堂《てんどう》家と関わりのある名家というだけあって、天堂《てんどう》家に及《およ》ばないにしても結構な御《お》家柄《いえがら》だ。普段《ふだん》から電車なんてものとは無縁《むえん》だろう。こんな駅前でショッピングというわけでもあるまい。

「実はわたくし、今日は『ごーこん』をしに参りましたの」

「えぇっ!?　四元院《しげんいん》様が!?」

いや。旦那様が絡《から》んでいる以上、それもありえるのか……？

それに俺の記憶《きおく》が確かならば四元院《しげんいん》様の通われている学園は『鳳来桜学園《ほうらいおうがくえん》』だったはず……ありえなくはないが……。

「あら。そんな風に驚かなくてもよいではありませんか。わたくしだって年頃《としごろ》の乙女《おとめ》ですもの。こういったことに興味があるのは自然ではなくて？」

「も、申し訳ありません。その、あまりにも意外だったので、つい……」

「意外、と言うならば、夜霧《やぎり》様の方こそ意外ですわ。『ごーこん』に参加されるなんて」

「ご存《ぞん》じだったんですか？　俺が参加するということを」

「ふふっ。小耳にはさんでおりましたの」

四元院《しげんいん》様とお嬢は幼い頃から交流があり、それに伴《ともな》って顔を合わせる機会も多かった。

……まぁ、交流といっても、パーティーで顔を合わせれば軽く挨拶《あいさつ》をする程度で、そこまで深い間柄《あいだがら》でもないのだが……俺が『合コン』に参加することを不思議がる程度にはお互《たが》い認識《にんしき》がある。

「いつもならこういったものへの参加は、星音《ほしね》様がお止めになりそうなものですけど」

「実は今、夏休み休暇《きゅうか》をいただいておりまして。その期間を利用して経験を積むべく、思い切って参加することにしたのです」

それで積もうとしている『経験』が『合コン』なのだから、我ながらちょっと情けない。傍から見れば遊ぶための言い訳にしか見えないだろう。

「それは素敵《すてき》なお考えだと思いますわ。実を言うとわたくしも、この夏はいつもと違う経験を積みたいと思い、今回の『ごーこん』に参加させていただきましたのよ」

四元院《しげんいん》様は花のように清楚で上品な笑《え》みを浮《う》かべる。

「偶然《ぐうぜん》とはいえ夜霧《やぎり》様も同じ考えで『ごーこん』に参加されていたなんて……ふふっ。わたくしたち、案外気が合うのかもしれませんわね」

「そうかもしれませんね。俺としては、恐れ多いことですが」

「あら。わたくしではご不満かしら?」

「不満だなんてそんな」

「冗談ですわ」

互いに笑い合い、和《なご》やかな空気が漂《ただよ》う。お嬢《じょう》のために距離《きょり》を置こうとして天堂《てんどう》家を離《はな》れたけれど……こうして知り合いに会えるのもそれはそれで嬉《うれ》しいもんだな。

「――――そこまでだ影人《えいと》。両手を上げて大人しくしろ」

和やかさとは正反対。張り詰めた糸のような緊張感《きんちょう》を漂わせた声が、俺にホールドアップを指示してきた。

「雪道《ゆきみち》？　珍しいな。お前がこんな早くから集合場所に来るなんて」

「うるせぇぇぇぇぇ！　いいからさっさとその和やかムードを止めろこのクソボケ！」

「なんだよ急に。四元院《しげんいん》様に失礼だぞ」

「ふふっ。お気になさらないでくださいまし、夜霧《やぎり》様。今日のわたくしは『ごーこん』に参加するために参った一学生。気遣《きづか》いは無用でしてよ」

「いいからさっさとホールドアップしろ！　オレが虫ケラみてぇに潰されてもいいのかよぉぉぉおおおおお！」

「またわけのわからんことを……すみません。こういうやつなんです」

まるで命の危機に瀕《ひん》しているみたいにガタガタ震えてる。相変わらずリアクションがオーバーなやつだな。

この『合コン』もどうなることやら……。

☆

（情報通り、ですわね……）

夜霧影人《やぎりえいと》がこうした待ち合わせの際に、集合時間の一時間前から集合場所に訪《おとず》れ、周囲を確認する傾向《けいこう》があることはあらかじめ知っていた。

だからこそ、わたくしはこうして偶然を装《よそお》って一時間前から彼《かれ》を待っていたのだ。

（『合コン』なんてくだらないですけど……まぁ、これが機会《チャンス》であることに変わりはありませんしね）

この『合コン』の話を耳にしたのは偶然だ。そしてこの『合コン』の正体が、夜霧影人《やぎりえいと》の伴侶《はんりょ》を見つけるための『お見合い』であることも承知している。

正直言って彼に興味もなければ結婚《けっこん》にも興味はない。どうでもいい。

だけど。彼の伴侶になれば――天堂星音《てんどうほしね》の悔しがる顔を存分に拝めることだろう。

（天堂星音《てんどうほしね》……）

わたくしの家、四元院《しげんいん》家は古くから天堂《てんどう》家と関わりがある。

両家の関係は良好。それなりに関わりもある。それ故に、わたくしと天堂星音《てんどうほしね》は歳が同じということもあって、周囲から何かと比較《ひかく》されて見られることも多かった。

勉強も、スポーツも、容姿の評判ですら。

わたくしはいつだって天堂星音《てんどうほしね》に劣《おと》る『二番手』だった。

周りにそれでバカにされたり、家族から責められたことなんて、一度も無い。

それがわたくしにとっては惨《みじ》めで仕方がなかった。

天堂星音《てんどうほしね》に勝てないのは仕方がない。気にすることはない。そんな声ばかり。

誰もわたくしになんて期待していない。どれだけ努力しても関係なかった。一度も勝つことが出来なかった。

それでいて天堂星音《てんどうほしね》本人は勉強も、スポーツも、容姿も、どれだけ他者から称賛《しょうさん》されても意味がないとばかりに興味がない。

悔しかった。勝ちたかった。なんでもいいから、あの女を越えたかった。

――そんな時、夜霧影人《やぎりえいと》のお見合いの話を耳にした。

絶好の機会《チャンス》だと思った。

彼女《かのじょ》が一番大切にしている彼を奪《うば》ってやろう。

そうすれば、わたくしは……一番になれる。

（あなたを利用させていただきますわよ。夜霧影人《やぎりえいと》さん）

☆

集合時間の十分ほど前になって、今回参加するメンバーが揃《そろ》った。

男子は俺《おれ》と雪道《ゆきみち》と、クラスメイトだったり他のクラスだったりする男子が八人。

女子は四元院《しげんいん》さんと、同じ鳳来桜学園《ほうらいおうがくえん》の方々が九人。

十人と十人。男女合わせて合計二十人。大所帯になってしまったが、その分雰囲気《ふんいき》は賑やかだ。……外部の人間を合わせてこれだけの数を集められる雪道《ゆきみち》のコミュ力の高さには、毎回驚かされるな。

その後、雪道《ゆきみち》の案内で向かった店は、アンティークの家具や小物が並ぶ小洒落《こじゃれ》たカフェだ。ランプの落ち着いた仄《ほの》かな明かりが店内のインテリアと自然に溶《と》け合うようにマッチしており、それでいて秘密基地や隠《かく》れ家《が》といったテーマ性も感じさせる。

しかし……なんだろう。この違和感《いわかん》。雪道《ゆきみち》は遊び慣れているだけあってこうした店選びのセンスは良いし、そこは俺も認めている。だが……このセンスはどちらかというと、お嬢に近い気が……？

それに気になる点はもう一つ。

「あれ？　ここって、ついこの前まで何も入ってなかったよな」

「いつの間に喫茶店《きつさてん》になってたんだ？」

周りの男子たちが首を捻《ひね》っている。普段からこの近辺で遊んでいるからだろう。

俺と同じ違和感と疑問を抱いたらしい。

そう。この店はつい最近まで空き家だった。だがいつの間にかこんなにも立派な喫茶店が入っている。普通なら噂《うわさ》になりそうなものだが、今日この時まで俺の耳に一切《いっさい》入ってきていないというのも変だ。

「実はこの店はつい最近完成したばかりでオレはこの店の持ち主とも知り合いで今日一日貸し切りにしてもらってるんだ個室もあるから気兼《きが》ねなく楽しんでくれよな！」

ペラペラと一息で説明する雪道《ゆきみち》。まるで事前に用意していた台本を一気に読み上げたかのようだ。

「へぇー。個室もあるのか」

「しかも貸し切りとかやるじゃん、風見《かざみ》」

「ま、まぁな」

だらだらと汗《あせ》をかきながら頷く雪道《ゆきみち》。……こいつはなんでこんなにも緊張してるんだ。

さしものこいつも、鳳来桜学園《ほうらいおうがくえん》を相手にするとなるとプレッシャーを感じているのだろうか。

……なんだかんだこいつには普段から世話になっているからな。今回だって合コンなんていうふざけた提案をしてきたものの、俺に足りないものをズバリ言い当てて、こうしてセッティングまでしてくれたんだ。ここは軽く持ち上げといてやるか。

「流石だな雪道《ゆきみち》。まるで天堂《てんどう》グループが介入《かいにゅう》したかのような迅速《じんそく》さで準備されたこの喫茶店の情報を掴んでるなんて」

「ははは……………………」

褒《ほ》めているのに肝心の雪道《ゆきみち》の反応はどこか薄《うす》い。

「ま、まぁ、とにかく座《すわ》ろうぜ！」

雪道《ゆきみち》の仕切りで案内された席に各々《おのおの》が座っていく。

「待て影人《えいと》。お前は一番外だ」

「ん？　それは別に構わないけど……なんで？」

「……………それがこの合コンのルールだからな」

「そうなのか」

俺は合コンには疎《うと》いからな。知らないルールがあってもおかしくはない。

ひとまず雪道《ゆきみち》に言われるがまま、俺は一番外の席に座る。

テーブルを挟《はさ》んで男子と女子が向かい合う形になった。うん。これは俺の中にある合コンのイメージとも合致《がっち》するな。

「夜霧《やぎり》様。本日は、お手柔《てやわ》らかにお願いしますわ」

「こちらこそお手柔らかに。四元院《しげんいん》様」

偶然にも俺の目の前は四元院《しげんいん》様だ。合コンは俺にとって未知の世界だ。お嬢と付き合いのあるご令嬢とはいえ、女性側に知り合いがいるというのは心強い。

……万が一にも失礼なことは出来ないという、別の緊張感はあるけれど。

合コンという場だからといってあまりハメを外さない方がいいな。夏休み休暇中の身とはいえ、お嬢に迷惑《めいわく》をかけることだけは避けたい。

「まずは各自、好きに飲み物でも頼《たの》んでくれ」

それぞれが賑やかに会話を交ぜながら飲み物を注文していく。

流れ的にはまだ男子は男子と、女子は女子と、といった具合だ。初対面なわけだし何かきっかけでもないと話しづらいからか。

頼んだ飲み物や軽食はすぐにまわってきた。今日は貸し切りにしているので他に客がいないおかげだろう。

その後は簡単な自己紹介《じこしょうかい》。男子たちはここぞとばかりに対面の方々にアピールしている。

鳳来桜学園《ほうらいおうがくえん》の方々は、そんな男子たちが物珍《ものめずら》しいのか反応は悪くない。自己紹介を済ませた頃には空気も徐々《じょじょ》に解《ほぐ》れてきて、自由に会話を楽しめる程度にはなってきた。

それにしても……意外だな。

「夜霧《やぎり》様、意外そうなお顔をされていますね」

「そうですね。思っていた以上に、男性陣《だんせいじん》に対する感触《かんしょく》が良かったので」

何しろ鳳来桜学園《ほうらいおうがくえん》はいわゆる女子高だ。

男性が苦手という理由で進学先に選ぶ方もいるだろう。

無論、そういう方々ばかりだとは思わないが、もう少し交流を深めるには時間がかかるとふんでいたのだが。

「今回参加しているメンバーは中学の頃は共学の学校に通ってらっしゃった……そちらの言葉でいうところの『外部生』の方々ですの」

「ああ、なるほど。鳳来桜学園《ほうらいおうがくえん》も中等部がありましたね」

歴史的にも格的にも形式的にも、天上院学園《うちがくえん》と鳳来桜学園《ほうらいおうがくえん》は似通っている点がある。だからこそ共学化にあたっての『慣らし』として天上院学園《うちがくえん》から選抜生徒が出向くことになったのだろう。

「天上院学園《てんじょういんがくえん》には『外部生』と『内部生』の間に溝《みぞ》のようなものがあるのですが、もしかしてそちらにも？　そこに共学化の問題が絡むとなると……」

「ふふっ。確かにその辺りのお話も興味深いところではありますが、今はもう少し別のお

話をしてみたいですわ」

「別のお話？」

「そうですね。たとえば……夜霧《やぎり》様のお話とか」

言われて気づく。雪道《ゆきみち》が合コンと銘打《めいう》ってはいるが、あくまでもこれは交流会。親睦《しんぼく》を深めるための話をしなくては。

「わたくしたち、パーティーで顔を合わせることはあっても言葉を交《か》わしたことはあまりないでしょう？　せっかくの機会ですもの。あなたのことを教えてくれませんか？」

「ええ。勿論《もちろん》です」

ここは普段、お嬢に仕える者として同行しているパーティーの場とは違《ちが》う。四元院《しげんいん》様もそういった『普段』とは異なる話題を求めているのかもしれない。

「……では、ご趣味《しゅみ》は？」

「ふふっ。夜霧《やぎり》様。それではまるでお見合いではありませんか」

「すみません。実はこういった場にはあまり慣れていなくて」

「お気になさらず。わたくしも同じですから。……ああ、でも。せっかくですし、それもいいかもしれませんわね」

「それも……というのは？」

「お見合いです。お互いに不慣れなことですし、お見合いしているつもりで話してみるというのはどうでしょう？」

「流石《さすが》にそれは四元院《しげんいん》様に失礼ですよ。俺ではあなたのような素敵な女性とは釣《つ》り合いません」

「そんなことはありません」

四元院《しげんいん》様の視線がゆらりと流れる。余所見《よそみ》をしているわけじゃない。

その目は俺の姿をしっかりと捉《とら》えている。だけどそのほんの僅《わず》かな視線の揺《ゆ》らぎに、何処《どこ》か惹《ひ》きつけられる。

「わたくしは、夜霧《やぎり》様とならお見合いしても構いませんわ」

その声にも。視線にも。仕草一つにさえ。どこか不思議な魅力《みりょく》が漂っていて――

「突然《とつぜん》ですがァ!!!　ここで王様ゲーム始めたいと思いまぁぁぁぁすッッッ!!!」

本当に突然始まった。しかもなぜか、雪道《ゆきみち》は俺と四元院《しげんいん》様の間に割《わ》り込《こ》むように棒の入った筒《つつ》のような器をテーブルの上に置いた。

「ルールは簡単ッッッ！　このクジをひいて王様になった人は、指定した番号の人になんでも好きな命令が出来ちゃうぜ！　でもオレたちは高校生なんで、節度ある命令を頼むな！　はいどうぞ影人《えいと》お前はさっさとクジを引けこの野郎《やろう》ッ！」

「お、おぉ……分かった……」

あまりにも切迫《せっぱく》した雪道《ゆきみち》の表情に圧《お》されるがまま、とりあえずクジを引く。

会話を中断させて俺がクジを引いた様子を見届けると、雪道《ゆきみち》はほっと安堵《あんど》した。

「あ、危なかったぜ…………急にお見合いを始めた時は、もうオレの命もここまでかと……海底……生き埋め……」

「なにブツブツ言ってんだよ」

今日の雪道《ゆきみち》はちょっと変だな。

合コンの幹事は俺の思った以上に重労働なのかもしれない。

そんな重労働に勤《いそ》しむ友人を気にかけている内に、全員がクジを引き終わった。

「よ、よぉーし、全員クジは引き終わったな？　んじゃあ、『王様だーれだ』の掛《か》け声で、王様を引き当てた人は名乗り出てくれ」

なるほど。そういうルールなのか。

俺の引いたクジは……王様じゃなかったか。まあ、王様になってもどんな命令をすればいいのか分からなくて困ってただろうしな。一番手の人がどんな命令をするか様子見させてもらうとしよう。

「いくぜー？　せーの！」

「「「王様だーれだ！」」」

☆

夜霧《やぎり》様との会話を途中《とちゆう》で中断されるとは思っていませんでしたが、王様ゲームをする流れになることは予想の内。

案の定、風見《かざみ》様は王様ゲーム用のクジを忍《しの》ばせていた。それが確認出来れば、あとはわたくしが事前に用意した、四元院《しげんいん》家傘下《さんか》の企業《きぎよう》が独自開発した特殊塗料《とくしゆとりよう》を塗《ぬ》りこみ、細工を施《ほどこ》せばいいだけ。しかもこの塗料《とりよう》は、わたくしがつけているこのコンタクトレンズでのみ色を視《み》ることが出来るというもの。

そして風見《かざみ》さん。あなたは知らないかもしれませんが、今回参加している鳳来桜学園《ほうらいおうがくえん》側の生徒はすべてわたくしの息のかかった者たち……あなたの隙《すき》を見てクジに細工を施すことなど造作もありませんわよ。

ふふふ……。『合コン』について少女漫画《まんが》で履修《りしゆう》したかいがあったというもの。

ついうっかり夢中になって、ページをめくる手が止まらず徹夜《てつや》してしまったこともありましたが。

さて……みなさん、クジを引き終えたようですわね。

「いくぜー？　せーの！」

「「「王様だーれだ！」」」

くだらない掛け声《コール》ですこと。

誰だも何も、わたくしにはすべてお見通し。

……わたくしは五番。夜霧《やぎり》様は……八番。そして王様は……。

「あ、私が王様みたいです！」

わたくしの手の者。ふふっ……これは幸先《さいさき》が良いですわね。

天上院学園《てんじょういんがくえん》側の殿方《とのがた》に王様が回ってしまえば、さすがに何も小細工が出来ませんから。

（わかってますわね……夜霧《やぎり》様は八番。わたくしは五番ですわよ）

（もちろんです！）

鳳来桜学園側《わたくしたち》だけの秘密のサインで、一瞬のうちにやり取りをかわす。

ふふふ……この『合コン』のため、怪《あや》しまれず秘密のサインだけで意思疎通《そつう》を可能にする鍛錬《たんれん》を積んできたかいがあったというもの。

おかげで以前までは敬遠されていた『外部生』の方々とも打ち解け合ってなんだかんだ良き友人になりましたわ。

「じゃあ、えーっと……八番の人と五番の人が、一分間見つめ合う！」

まずは軽くいきましょう。初手から過激なものをしてしまうと心象も悪いですから。

「夜霧《やぎり》様の番号は？」

「俺は……八番ですね」

「あら。偶然ですわね。わたくしは――」

「あっ、オレ五番だわ」


なん……ですって……!?


そ、そんな馬鹿な……!?　わたくしのクジには確かに五番と書かれて……！

「…………っ……!?」

おかしい。わたくしの持っていたクジの番号が、いつの間にか『二番』になっている。

クジをすり替《か》えられた？　いえ。このコンタクトレンズに映っている塗料の色は確かに『五番』のはず……。

細工の時にしくじった？　いいえ。あらかじめ塗料ごとに割り振《ふ》った番号通りの色になっている……考えられるとすれば……クジの番号そのものが変化した？　でも、そんなことが……。

「なんだ。五番は雪道《ゆきみち》か」

「うるせー。オレだって野郎と一分間も目なんざ合わせたくねーよ…………命令じゃなけりゃなぁ……」

「────っ……！」

命令……まさか風見《かざみ》様は、誰かの命令で動いている……？

……そうですわ。思えば、そんなはずがない。

夜霧影人《やぎりえいと》が合コンに参加しているというのに、『あの』天堂星音《てんどうほしね》が何もしないわけがない……！

（このクジ……特に気にも留《と》めていませんでしたが、手触《てざわ》りからして金属で出来ていますわね。それに番号の記されている部分が仄かに熱を帯びていますわ……）

恐《おそ》らく番号が記されている部分は一定の熱で浮かび上がる数字が変化するようになっている。熱の温度によって数字が割り振られているのでしょう。あとはクジの内部に仕込《しこ》まれた発熱装置を遠隔《えんかく》で操作して、好きな数字を浮かび上がらせるようにしている……。

この無駄《むだ》に凝《こ》った……いえ。あまりにも凝り過ぎたクジ。

間違《まちが》いないですわ。このクジは天堂星音《てんどうほしね》が独自に開発したもの。あの優秀《ゆうしゅう》な頭脳をこんな無駄なことに使うなんて……！　その才能を世の中のために使えばいいものを！

（タイミングからして、おそらくこの合コンの様子も別室で見ているはず……どこかに隠しカメラが……!?）

☆

「どうやら気づいたようね」

別室に備えられているモニターを見ていた私は、画面の中で勘《かん》づいたようなそぶりを見せた泥棒猫《くせもの》を注視する。

彼女は四元院海羽《しげんいんみう》。古くから四元院《しげんいん》家とは付き合いがあるので、彼女との面識もあった。何年もそんな気配がなかったからこの私としたことが油断してしまっていたわ……。

それにしてもこの泥棒猫は中々にやり手のようだ。

クジの細工や監視《かんし》カメラに気づいただけではなく、『気づいた』という反応《リアクション》を周りに見せぬようにねじ伏《ふ》せた。

流石は四元院《しげんいん》家というところかしら。これが普通《ふつう》の人だったら見逃《みのが》していたかもしれないけれど、生憎《あいにく》とこの私が目を光らせていた以上、些細《ささい》な違和感も見逃すはずがない。

「……こうなったら予定を早めるしかないわね。準備は？」

「……問題なし」

「だと思ったわ」

乙葉《おとは》の準備が当然済んでいることを確認《かくにん》した私は、風見《かざみ》に連絡《れんらく》を送るのだった。

☆

王様ゲームも程《ほど》よく盛り上がってきた頃《ころ》だった。

「お待たせしました。追加のドリンクとなります」

聞き覚えのある声と共にグラスに注がれた鮮《あざ》やかな彩《いろど》りのドリンクを運んできた店員さん。その顔を見た俺たち天上院学園《てんじょういんがくえん》側の生徒たちは、揃って驚きを露《あら》わにする。

「あれ、天堂《てんどう》さん？」

「あら。みんな、こんなところで会うなんて奇遇《きぐう》ね」

そう。ドリンクを運んできたのは、なぜかこの店の制服に身を包んだお嬢だった。

「お、お嬢⁉　なぜそのような格好を……」

「当然よ。だって、ここで働いてるんだから」

「ここで働かれているのですか⁉　お嬢が⁉」

「そうよ。社会勉強も兼《か》ねて、夏休みの間だけアルバイトさせてもらっているの」

なんということだ。天下の天堂《てんどう》グループのご令嬢が、喫茶店でアルバイトだなんて。

……いや。それも良い傾向なのかもしれない。俺が傍《そば》に居た頃には考えられなかったことだ。むしろ、俺が離れた成果がさっそく現れているといえよう。そのことに若干《じゃっかん》、落ち込んだりしなくもないわけだが……。

「それと、ここで働いてるのは私だけじゃないわよ」

「……お待たせしました。こちら、ご注文のポテトになります」

と、山盛りのポテトをテーブルに置いてくれたのは、

「乙葉《おとは》さんまで⁉」

「……うん。アルバイトしてる」

「い、一体なぜ……」

「……人生経験のため」

「なる……ほど……？」

乙葉《おとは》さんの場合はアーティストなわけだし、確かに人生経験を積むことで歌に幅《はば》が出たり出なかったりするのかもしれない。たぶん。

「えっ……もしかして、羽搏乙葉《はばたきおとは》さん……ですか？」

「……そうだけど」

「うそっ、本物っ⁉」

「……本物」

おおっ、流石は歌姫《うたひめ》だ。『鳳来桜学園《ほうらいおうがくえん》』の方々も『羽搏乙葉《はばたきおとは》』の名前はご存じであるらしい。女性側の方は突然の歌姫の登場によって、驚《おどろ》きと興奮に包まれている。

「そうだ。せっかくだし天堂《てんどう》さんと羽搏《はばたき》さんも参加しませんか？　合コン」

「ごめんなさい。一応、今はお仕事中だから……」

クラスメイトの男子の誘《さそ》いに、とても残念そうにするお嬢。だがすぐに、何かを思いついたように手を合わせる。

「でも店員として、みんなの合コンを盛り上げるために協力することなら出来るかも」

「協力？」

「ええ。そうね。たとえば……特別メニューを用意するとか」

「特別メニュー？　そんなのがあるんですか？」

クラスメイトの男子の問いに、乙葉《おとは》さんがこくりと頷《うなず》く。

「……まだ試作中のものがいくつか。せっかくだから、みんなにも食べてもらって感想を聞きたいらしい」

「へぇー。なんか興味湧《わ》いてきたかも」

「俺も。どんなのがあるんですか？」

「ちょっと待ってて。今、メニュー表を渡《わた》すから」

そう言って、今度はお嬢がメニュー表をみんなに配り始めた。

「なぁ、雪道《ゆきみち》」

「なんだよ」

「……まだ試作段階の特別メニューにメニュー表があるのか？　しかもなぜか人数分が用意されてるし……」

「それはお前がまだ『一般的《いっぱんてき》な男子高校生』というものを知らないだけだ」

「そうなのか」

「そうなんだよ」

俺が知らないだけで、これも普通のことなのか。

「はい、影人《えいと》」

「ありがとうございます、お嬢」

お嬢から受け取った特別メニュー表を開いてみると、

・店員と個室でツーショット　恋人風《こいびと》
・店員と個室でポッキーゲームのいちゃいちゃ仕立て
・店員と個室で膝枕《ひざまくら》　～歌姫の子守歌《こもりうた》を添《そ》えて～

…………？　……？？？　…………？？？？？？


「……なぁ、雪道《ゆきみち》」

「それはお前がまだ『一般的な男子高校生』というものを知らないだけだ」

俺が発言するよりも先に、被《かぶ》せ気味《ぎみ》に言われた。頭の中に『封殺《ふうさつ》』という二文字が浮かんだのは関係あるのだろうか。

しかしなぜ、個室………もしかして他の特別メニューも同じ内容が書かれているのだろうか。

「なぁ、どれにする？」

「そうだなぁ……この『クラブハウスサンド』とか美味《うま》そうなんだけど」

…………俺の特別メニューと違くない？

「あの、お嬢。乙葉《おとは》さん」

「なにかしら影人《えいと》」

「……もう決まった？」

「いや、その……メニューがなんかおかしいような……」

「私のオススメはポッキーゲームよ」

「……わたしは膝枕」

バカな……！　これが正常なメニューだと……!?

「あらあら。影人《えいと》はまだ迷ってるようね」

「……じゃあ、個室でゆっくり考えたらいい」

「いっそ全部やってみるっていうのはどうかしら」

「……それがいい」

お嬢と乙葉《おとは》さんの顔は、表面上はニコニコとしている。しているが……謎《なぞ》の圧がある。

しかもなまじ端《はし》の席にいるため、そのまま引きずられそうで……あれ？

（四元院《しげんいん》様がいない……？）

☆

「はぁ………」

休日で多い人通りを眺《なが》めながら、わたくしは今朝の集合場所になっていた駅前広場の噴《ふん》水《すい》の縁《ふち》に腰《こし》かけていた。

「わたくしは、何をやっているのかしら……」

天堂星音《てんどうほしね》が介入してきた瞬間《しゅんかん》、一気にあの場の空気は変わった。

天上院学園《てんじょういんがくえん》側の殿方は皆《みな》が天堂星音《てんどうほしね》に視線を奪われ、更《さら》には羽搏乙葉《はばたきおとは》という本物の『歌姫』によって鳳来桜学園《こちらがわ》の子たちの興味や関心すらも奪われてしまった。

わたくしのことなんか、誰《だれ》も見なくなっていた。

……そのことに気づくと、あの場でわたくし一人だけが浮いているような気がして。耐《た》え切れなくて、ついお店を出てきてしまった。

誰にも気づかれなかったことが地味にショックだったのは計算外のダメージだ。

「いつもこうですわね……わたくしは」

わたくしは優秀なのかもしれない。だけどあくまでも『優秀』止まり。何度やっても、何をやっても、彼女たちのような本物の『天才』には勝てない。

「………」

人が流れていく。わたくしの目の前を、わたくしのことになど誰も気づかず、世界は流れていく。

「…………本当に、バカみたい」

張り切って準備なんかして、利用してやるとまで決意したくせに、あっさりと心が砕《くだ》かれてしまって。

最初から分かっていたことだ。わたくしは天堂星音《てんどうほしね》に勝てない。

みんなが見ているのは天堂星音《てんどうほしね》や羽搏乙葉《はばたきおとは》のような『天才』だけ。

わたくしのことなんて、誰も――――……

「見つけましたよ、四元院《しげんいん》様」

「…………えっ？」

俯《うつむ》いていた顔を上げる。

「…………夜霧《やぎり》様？　どうしてここに……」

「どうしてもなにも四元院《しげんいん》様が急に居なくなられたので、心配になって探してたんです」

「わたくしが居なくなったことに、気づいてましたの？」

「当たり前じゃないですか」

そう言われて少し嬉しくなったけれど、どうせこれもぬか喜びに過ぎないと自分に言い聞かせる。

「………申し訳ありません。少し外の風にあたりたくなっただけですわ。わたくしはこの通り大丈夫《だいじょうぶ》ですから、夜霧《やぎり》様はどうぞお戻《もど》りになってください」

「ですが……」

「わたくしのことなら、本当に大丈夫ですから。……それに夜霧《やぎり》様だって、星音《ほしね》様のもとに戻りたいでしょう?」

「?　なぜ急にお嬢の話に……」

「星音《ほしね》様はわたくしよりも成績は上で、スポーツだってわたくしは彼女に一度も勝てたことはありません。容姿だって、とてもお美しくて……」

「確かにお嬢の方が成績は上ですが、四元院《しげんいん》様だって全国模試を毎年二位で維持《いじ》してらっしゃるじゃないですか。しかも前回のものはミスを減らして点数を上げてますし」

「……わたくしの成績を、ご存《ぞん》じなのですか?」

「当たり前じゃないですか。いつもお嬢と一緒《いっしょ》にお名前が並んでますし。年々ミスを減らして、点数を上げて……とても努力家なのだなと思ってたんですよ」

そんなところまで見ていたの……?　てっきり、天堂星音《てんどうほしね》のことしか目に入ってないものかと……。

「スポーツにしたって、ずっと昔にテニスの試合をしただけでしょう?　あれから練習を重ねて実力も伸《の》ばしてらっしゃるようですし、今なら違う結果になるかもしれませんよ」

「な、なぜそんなことまで……！」

「パーティーの時に噂話《うわさばなし》を耳にしましたから」

そんな噂、天堂星音《てんどうほしね》に比べれば小さなものだし、きっとすぐにかき消されてしまうものだ。それでも……夜霧《やぎり》様は、その心に留めてくれたのね。

「それに……容姿だって」

不意に、夜霧《やぎり》様の手が伸びる。わたくしは思わず、目を閉じた。彼が何をしてくるのかは分からないけれど、それでもいいと思ってしまった。彼の手を享受《きょうじゅ》してしまった。

真っ暗な視界。頭の方に夜霧《やぎり》様の手が移った気配がして――そのまますぐに離《はな》れていく。

「………？」

目を開ける。すると彼の指は、風でどこから飛んできたのかも分からない木の葉をつまんでいた。どうやらわたくしの頭についていたらしい。

「とてもお美しいと思いますよ」

「う、嘘《うそ》ですわ、そんなの……」

「嘘じゃありません。この前のパーティーでのドレス姿も、女神《めがみ》のような美しさでしたよ。

特にあの蒼《あお》い宝石の髪留《かみど》めは、とてもよくお似合いでした」

そのパーティーのことならよく覚えている。一番のお気に入りの髪留めをつけて、自分なりに気合を入れて臨《のぞ》んだものだ。結果的に、やっぱり天堂星音《てんどうほしね》に注目は集まってしまったけれど。

あの時も、誰もわたくしのことなんて見ていないと思っていたのに……。

「…………夜霧《やぎり》様は、よく見てますのね。周りのこと」

「それが仕事ですからね」

そう。勘違《かんちが》いしてはいけない。彼《かれ》は別にわたくしだけを見ているわけじゃない。

周りに気を配ることは彼にとっての仕事だ。

「…………ですが、四元院《しげんいん》様のことは、特によく見ている気がします。目立ちますから」

「わたくしが……？」

「はい。懸命《けんめい》に努力を重ねるあなたは、いつも輝《かがや》いて見えます」

夜霧《やぎり》様は「あっ、それと」と言葉を付け加えて、わたくしの耳元に顔を寄せてきた。

「……ここだけの話ですが、勉強にしてもスポーツにしても、努力を重ねる四元院《しげんいん》様には、俺も励《はげ》まされてきたんですよ」

「わ、わたくしにですか？」

「はい。なんだか、俺も頑張《がんば》ろうって思えるんです」

照れくさそうに笑う彼を見て、わたくしの胸の中からこみあげてくるものがあった。

……嬉《うれ》しかった。たとえ天堂星音《てんどうほしね》には何一つ勝てていなくても、誰にも認められなくても……この人は、わたくしのことを見てくれている。

『天堂星音《てんどうほしね》と比べられて可哀《かわい》そうな子』や『天堂星音《てんどうほしね》に勝てない子』などではなく、『四《し》元院海羽《げんいんみう》』として見てくれている。

それがたまらなく嬉しかったし、これまでの努力の全てが報《むく》われた気がした。

「……夜霧《やぎり》様。少し、身体をお借りしてもよろしいでしょうか？」

「…………構いませんよ」

急な申し出を、夜霧《やぎり》様は何も言わず受け入れてくれた。そんな彼の胸元《むなもと》に身体を預ける。こうでもしないと泣きそうになる。いいや、もう既《すで》に涙《なみだ》がこぼれていた。それを見られたくなかった。……きっと夜霧《やぎり》様はそんなことはお見通しなのだろうけれど、何も言わず黙ってされるがままになってくれた。それからしばらくして、ようやく顔を上げた頃……わたくしの中にはある覚悟《かくご》が生まれていた。

「…………申し訳ありません、夜霧《やぎり》様。みっともない姿を晒《さら》してしまいましたわ」

「そんなことありません」

「ふふっ。ありがとうございます。それと……お願いをしてもよろしいでしょうか？」

「なんでしょう」

「……これからは、影人《えいと》様と呼ばせていただいてもよろしいでしょうか？　それとわたくしのことは、どうか『海羽《みう》』とお呼びください」

彼はちょっぴり驚いたような表情を見せたが、すぐに優《やさ》しく微笑《ほほえ》んで、

「分かりました。構いませんよ……海羽《みう》さん」

名前で呼んでもらったことで、胸の中が温かく、熱くなる。

不思議だ。ただ名前で呼ばれただけなのにこんなにも嬉しくなるなんて……。

☆

「──そこでなにやってるの……？」

声を掛けられ、反射的に視線を向ける。

そこには全力疾走《しっそう》してきたせいだろう。

息を切らせた天堂星音《てんどうほしね》と、羽搏乙葉《はばたきおとは》の二人が居た。

──天堂星音《てんどうほしね》といえば、上流階層で知らぬ者などいないだろう。

彼女《かのじょ》の特異性は一般《いっぱん》市民だけではなく、この世界において上流にいる者たちの中ですらも際立《きわだ》っていた。

その美貌《びぼう》は女神が如く。

その知性は賢者《けんじゃ》が如く。

完全無欠という言葉は彼女のためにあるようなもので、事実わたくしは『天堂星音《てんどうほしね》』という少女以上の勝利者を見たことが無い。

なのに。

そして、わたくしは。

愚《おろ》かにもそんな天堂星音《てんどうほしね》に劣等感《れっとうかん》を抱《いだ》き続けては、勝手に敗北感を抱いていた。

「…………ねえ。影人《えいと》」

「は、はい……」

「あなたは、一体、そこで、何を、やって、いるの、かしら？」

ニコニコとした笑顔《えがお》を保ったまま、必死に何かを抑《おさ》え込んでいる天堂星音《てんどうほしね》。

影人《えいと》様は何も分かっていないようだけど、わたくしには分かる。

彼女は嫉妬《しっと》しているのだ。

あの天堂星音《てんどうほしね》が。

女神であり賢者であり、完全無欠という言葉の化身《けしん》のような少女が。

わたくしに嫉妬している。

(これが……天堂星音《てんどうほしね》？)

信じられなかった。

こんな、あまりにも不完全な彼女の姿が。

「な、なにをというか……急に姿を消した四元院《しげんいん》様が心配になって、捜索《そうさく》しておりました。四元院《しげんいん》家のご令嬢《れいじょう》ともなれば誘拐《ゆうかい》などの危険性もありますので……」

「ふ～～～～～～ん？　へ～～～～～～～～え？」

「あの……お、お嬢《じょう》……？」

「…………影人《えいと》」

「お、乙葉《おとは》さん……」

「……四元院《しげんいん》家のご令嬢が急に姿を消した。誘拐の可能性を疑ったのは、理解できる」

「そ、そうですか。それは何よりです」

「…………じゃあ、どうしてそこまで密着しているの？」

「えっ？」

羽搏乙葉《はばたきおとは》が指しているのは、わたくしが影人《えいと》様の胸に身体を預けているこの姿勢のことだろう。

天堂星音《てんどうほしね》と羽搏乙葉《はばたきおとは》の二人が不機嫌《ふきげん》だったのはこれが原因？　これぐらいのことで？

あの完全無欠の令嬢と歌姫が。

揃《そろ》いも揃って、ここまで心を乱されている。

「いや、あの……これは……」

「わたくしがお願いいたしましたの」

助け船を出すようなわたくしの申告《しんこく》に影人《えいと》様はほっと安堵したような顔になる。

だけどわたくしは、そのまま彼の腕《うで》に抱き着くと、さっきよりも更に身体を密着させる。

我ながら大きさのある胸を押《お》し付けるようにして。

「「――――……」」

ぴきっ、という音が、目の前の二人から聞こえてきた……ような気がした。

影人《えいと》様も空気の変化は感じ取っているのだろう。

何も言わないけれど、冷《ひ》や汗《あせ》をかいていた。

「わたくし、少し気分が悪くなってしまって……」

「あらあらそれは大変ね。今すぐ名医を紹介《しょうかい》してあげるからさっさとそこを離れなさい」

「……安心して。歩けないようならわたしたちが車に叩《たた》き込んであげる」

「ご安心くださいませ。影人様が優しく介抱《かいほう》してくださったおかげで、気分も良くなってきましたから」

「「え、影人《えいと》様……!?」」

こんなにも簡単に動揺《どうよう》する二人を見ていると、肩《かた》の力が抜《ぬ》けてきた。

同時に、これまでわたくしが肩肘張《かたひじは》って勝手にこだわっていた部分が、なんだかバカバカしくなってきてしまった。

(……なんだ。天堂星音《てんどうほしね》も、同じなんですのね)

完全無欠のお嬢様《じょうさま》。それは彼女の持つほんの一面に過ぎない。

好きな男の子の傍に他の女の子がいるだけで心を乱されてしまうような、恋《こい》する乙女《おとめ》。

それもきっと、彼女の持つ一側面。

彼女もただの人間でしかない。完璧《かんぺき》なだけじゃない。

それが分かって――――心が楽になった。

「……影人《えいと》様。一つ、お願いしてもよろしいですか？」

「お願い、ですか？」

「お願いなら影人《えいと》じゃなくて、天堂《てんどう》家の総力を結集して何が何でも叶《かな》えてあげるわ」

「……遠慮《えんりょ》なく言って。影人《えいと》ではなく、わたしたちに」

明らかに慌《あわ》てふためく二人を見て、わたくしの中でちょっとした悪戯心《いたずら》がわいてきてしまった。

「ふふっ。嬉しい申し出ですが、これは影人《えいと》様にしか叶えられないものですの。……影人《えいと》様。お耳を拝借させてください」

「は、はぁ……どうぞ」

小声で何かを伝えるつもりなのだと信じきっている影人《えいと》様は、その横顔を無防備に近づける。わたくしはそんな影人《えいと》様の耳ではなく頰《ほお》に顔を近づけ——そのまま、唇《くちびる》で彼の頰に触《ふ》れた。

「えっ」

「「——ゑ？」」

まるで時が止まったような静寂《せいじやく》。

わたくしは全く悪びれもせず、ただ淑女《しゆくじよ》としての微笑みだけを添える。

「ふふっ……ほんのお礼ですわ」

さしもの影人《えいと》様も言葉を失っているらしい。

呆然《ぼうぜん》としたまま固まっていて、それは天堂星音《てんどうほしね》と羽搏乙葉《はばたきおとは》の二人も同じだった。

「い、いま……き、キス……影人《えいと》に、キスした……？」

震《ふる》えながら問うてくる天堂星音《てんどうほしね》に、わたくしは悪戯心をたっぷりと含《ふく》んだ笑《え》みを返す。

「ええ。その様子だと……ふふっ。わたくしが一番乗り、ということでしょうか？」

「〜〜〜〜〜〜〜っ……！」

どうやら図星だったらしい。顔を真っ赤にしながらぷるぷると震えている天堂星音《てんどうほしね》なんて、見物料を払《はら》いたいぐらいだ。

「では皆さま、ご機嫌《きげん》よう」

優雅《ゆうが》な一礼を披露《ひろう》したあと、わたくしは静かにその場を去った。

「お、覚えてなさいよこの泥棒猫《どろぼうねこ》っ――――――――！」

背後から聞こえてくる、天堂星音《てんどうほしね》の負け犬の遠吠《とおぼ》えのような叫《さけ》びに、思わず吹《ふ》き出してしまう。

「まさかこんなことで、あなたから初勝利を得られるなんて思いもしませんでしたわ」

近くに待機させていた四元院《しげんいん》家の車に乗り込《こ》みながら、唇の温《ぬく》もりを噛《か》み締《し》める。

「………影人《えいと》様の『一番』だって、譲《ゆず》りませんわよ」

第二章　正妻戦争・夏の陣　～天堂星音の策～

油断大敵、という言葉がある。

ざっくり言うと、油断は大きな失敗を招く敵であるということだ。

このポピュラーな四字熟語は、今の私にとっては最近味わった手痛い失敗をフラッシュバックさせる。

……ええ。認めましょう。

この私、天堂星音《てんどうほしね》は油断していた。作戦がある程度上手《うま》くいってたから、油断して、その結果として大きな痛みを負った。……いえ。違《ちが》うわね。今度こそ認めてあげましょう。

――私は敗北した。

あの泥棒猫、四元院海羽《しげんいんみう》に敗北した。

この天堂星音《てんどうほしね》が、敗北したのだ。

影人《えいと》の頬にキスをかましたあの女。私だってまだなのに。まだしたことないのに……！

……いえ。落ち着きましょう。落ち着くのよ、天堂星音《てんどうほしね》。

確かに私は敗北した。だけど、それで終わったわけじゃない。まだ終わってないし、完全に決着がついたわけでもない。

決着《ケリ》がついていないなら、戦える。

戦えるなら、勝機はある。

勝機があるなら、掴《つか》み取る。

それが私。それが天堂星音《てんどうほしね》という人間だ。

……まずは認めましょう。

羽搏乙葉《はばたきおとは》。四元院海羽《しげんいんみう》。

この二人の泥棒猫もまた、私と肩を並べる挑戦者《チャレンジャー》だということを。

そしてはじめましょう。

私たちの仁義なき――正妻戦争を。

☆

日中の日差しが強くなっていく八月。

世の高校生たちはそれぞれ思い思いの夏休みを過ごしていることだろう。

家族と旅行に行ったり、友達と遊んだり、恋人とデートしたり。

俺《おれ》はといえば、今の三つに負けず劣《おと》らず高校生らしい過ごし方『アルバイトに精を出す』を実行していた。

「よいしょっと……」

大量に並んでいた荷物の内、最後の一つをトラックに積《つ》み込む。

容赦《ようしゃ》なく照り付ける真夏の日差しが眩《まぶ》しい。こうして額に流れる汗を拭《ぬぐ》っていると、高校生として健全な日々を過ごしている感じがするな。

「ふぅ……これで最後か。及川《おいかわ》さーん、こっちは終わりましたよ」

「はーい。ありがとねー、影人《えいと》くん」

と、なんとも嬉しいことを言ってくれたのは、真夏だというのに天堂《てんどう》家製の漆黒《しっこく》のスーツに身を包んだ女性だ。

彼女は及川真紀《おいかわまき》さん。

俺と同じ天堂《てんどう》家に仕える使用人だ。一見するとボディーガードのような装《よそお》いだが本業はメイドである。

「これでよし、と。はー、終わった終わった」

「お疲《つか》れ様《さま》です」

「ありがと。いやー、それにしても影人《えいと》くんがいてくれて助かったわー。連中も手早く仕《し》留《と》めてくれたし、武器の回収までしてもらったし。ごめんね？　今って確か、夏休みだったでしょ。期間限定一人暮らしってやつの」

「ああ、いいんですよ。お嬢のために離れてみましたが、だからといって天堂《てんどう》家……お嬢を狙《ねら》う者がいるのなら、それを野放しにすることなどありえません」

「お嬢様のために離れてみた、ねぇ……んー……まあ、それは諸説あるところだけど」

「それに、友人にも言われたんですよ。お前には一般的な高校生としての経験が足りないって。だからこうして、夏休みにアルバイトに精を出すのも高校生らしくていいかなと」

「んー……天堂《てんどう》家を狙う、武装した傭兵《ようへい》連中を素手《すで》で制圧した後、武器を回収してトラックに積み込むことは、一般的な高校生のアルバイトとは言えないかな」

「え？　でも、こうやってトラックに荷物を積み込むのって、引っ越し業者のアルバイトっぽくないですか？」

「普通の引っ越し業者が運ぶのは家具やダンボールだし、間違っても銃火器《じゅうかき》をトラックには積まないかなぁ」

「……高校生らしいアルバイトって、難しいんですね」

「あたしからすれば、銃弾《じゅうだん》の雨を躱《かわ》しながら相手の懐《ふところ》に潜《もぐ》り込む方が難しいと思うよ」

「でもそんなの、天堂《てんどう》家に仕える人間なら普通じゃないですか」

むしろ銃弾ぐらい躱せずに、どうやってお嬢の日常を裏から護《まも》るというのか。

「そうだけどさー……っと、忘れないうちに……ほい、今日の報酬《ほうしゅう》」

「ありがとうございます」

ありがたく茶封筒《ちゃぶうとう》を受け取ると、及川さんが苦笑《くしょう》する。

「なんかヘンな感じだよねぇ。別に仕事を辞《や》めたわけでもない同僚《どうりょう》に、こうやって日払《ひばら》いの報酬を渡すって」

「ですね。なんか俺も、ちょっと変な感じがします」

報酬を受け取った俺は、中身をきっちりと確認した後、及川さんに頭を下げた。

「夏休みの間……お嬢のこと、頼《たの》みます」

「あいよ。言われなくても、だ……まあ、むしろこっちから君に言いたいぐらいだけど」

「えっ？」

「なんでもないなんでもない。ほら、さっさと帰ってあげな」

「はぁ……では、失礼します」

その言葉の意味を理解できないまま、俺は帰り道を歩いていく。

帰ってあげな、なんて……及川さんも変な言い方するもんだ。

今の俺は期間限定の一人暮らし期間中。

家に帰ったところで、誰かが待っているわけではない。

「ん？」

今、見覚えのあるトラックが横切っていった気がする。

一見すると普通《ふつう》の引っ越し業者のように偽装《ぎそう》されていたが、あれは天堂家《てんどう》でよく使用している、荷物や装備を運搬《うんぱん》するトラックだ。

俺がこの家に越してきた時も、旦那様《だんなさま》のご厚意《こうい》で色々運んでもらったっけ。

「……天堂《てんどう》家の誰かが越してきたのか？」

しかしそんな情報は共有されていない。首を傾《かし》げながら自分の部屋に戻る。

「おかえりなさい、影人《えいと》」

「ただいま戻りました、お嬢」

「アルバイトお疲れ様。お風呂《ふろ》にする？　ごはんにする？　それとも私といちゃいちゃする？」

「汗を流したいので、先にお風呂に入ってきます」

「分かったわ。あ、お湯ならさっき沸《わ》いたばかりよ」

「ありがとうございます」

「じゃあ、お風呂からあがったらご飯にしましょう。その後にたくさんいちゃいちゃしましょうね」

「あはは。相変わらず、お嬢はユーモアに溢《あふ》れてますねぇ…………え？」

ん？　待て。ちょっと待て。

「お嬢……？」

「何かしら？　……はい、タオルと着替《きが》え」

「ありがとうございます……じゃなくて」

「？」

頭に疑問符《ぎもんふ》を浮《う》かべながら、お嬢は愛らしく首を傾げる。

「あの、お嬢？　どうしてここにいるんですか？」

「私も隣《となり》の部屋で一人暮らしを始めたからだけど？」

「ああ、そうだったんですね。お嬢も一人暮らしを…………『隣の部屋で一人暮らしを始めたからだけど』？」

待って。分からない。意味が全く分からない。

「夏休みの間、よろしくね。影人《えいと》」

俺の困惑《こんわく》をよそに、お嬢はこれ以上ないぐらい愛らしい笑みを浮かべていた。

☆

私はお父様を脅《おど》……親子として健全な対話を行った末、夏休み限定の一人暮らしの許可をもらっていた。

部屋は当然、影人《えいと》の隣。

なぜ影人《えいと》が一人暮らしをはじめたのか。その理由、影人《えいと》なりの考えがあるということは、お父様から無理やり吐《は》かせて……ではなく、親子の会話を以《もっ》て知った。

影人《えいと》自身の成長。そして全ては、私自身のためを思って、己《おのれ》を磨《みが》こうとしたということ。

影人《えいと》のためを思うならこのまま一人暮らしをさせるべきだろうと思った。

だって、影人《えいと》が変わろうとしている。

彼の主としてこれほど嬉しいことはない。ならばその意志を汲《く》み取り、成長を願い、夏休み明けに再びお互《たが》い成長した姿を見せるのが正しい選択《せんたく》なのだろう。

——まぁ、それよりも私は影人《えいと》とラブラブあまあま夏休みライフを過ごしたいので、そんなものお構いなしに引っ越してきたわけなのだけれど。

成長？　なにそれ美味《おい》しいの？　というか、成長とかそんなのもっと後のイベントでしようよ。その前にあるじゃない。告白するとか、恋人になるとか、婚約《こんやく》するとか、結婚《けっこん》するとか、ヒロインたる私とラブラブあまあま夏休みライフを過ごすとか。

成長イベントはその後にゆっくりとこなせばいいでしょうよ。

……それに、一人暮らしにも興味はあったわけだしね。

「では、お嬢様。私たちはこれで」

「ご苦労様。ゆっくり休んでちょうだいね」

天堂《てんどう》家の者たちは速《すみ》やかに私の部屋に家具などの生活に必要なものを運び、荷ほどきも済ませると、そのまま部屋を出ていった。恐《おそ》らく、私の部屋のすぐ隣にある待機場所へと戻ったのだろう。さすがに天堂《てんどう》家の娘《むすめ》がそう簡単に一人暮らしができるなんて考えてはいない。本来なら物件探しや引っ越し業者の手配、荷ほどきなども自分が行わなければならないのだろうけど、天堂《てんどう》家の娘に万が一のことがあってはならない。この部屋も私が来る前に不審物《ふしんぶつ》がないかなどのチェックも済ませているはずだし。

風情《ふぜい》が無い、と思わなくもないけど、今回の一番の目的はそこじゃないから別にいい。なんなら下手をすればこの部屋はあまり使わない可能性だってある。

「影人《えいと》のバイトが終わるまで、まだ時間はある……」

取り出したのは隣の部屋の鍵《かぎ》。もっといえば、影人《えいと》の住んでいる部屋の合鍵《あいかぎ》だ。

私はさも当然のように鍵穴に鍵を差し込んで、扉《とびら》を開けて上がり込む。

「ここが影人《えいと》の部屋……」

思っていたより物は必要最低限だ。えっちな本とかを隠《かく》すスペースはなさそう……いえ。電子書籍《しょせき》も普及《ふきゅう》しているこの現代、デジタルデータとして持っている可能性もある。

影人《えいと》だって男の子だもの。そういう物の一つや二つぐらいは持っているはず……持ってる？　本当に？　ちょっと自信なくなってきたわ。

ちなみにだけど、私は別に影人《えいと》がそういう書籍《データ》を持っていても構わない。だって今の影人《えいと》は恋人《こいびと》がいないわけだし、恋人でもない私がそういうことに口を出すのはヘンな話だ。むしろ持っていてくれれば影人《えいと》の好みの傾向《けいこう》を把握《はあく》しやすくて助かるとさえ思っている。……いやね。もうね。それぐらい手がかりがないのよ。そんなものに縋《すが》らなくちゃいけないぐらいノーヒントな状態なのよ。

私が影人《えいと》のカノジョになった場合は、もちろんそういったものは処分してもらいたいけど。だって私がいればそんなものは必要ないはずだし。

「…………さて」

まずは部屋の確認《かくにん》。事前に間取りや設備のデータはもらっており、頭に叩き込んである。だけどここはあくまでも部屋。人が住む場所だ。データと実物のズレが出ていてもおかしくはないので、そのズレを修正していく……うん。特に問題なさそうね。

お風呂の浴槽《よくそう》も掃除《そうじ》する必要はなさそう。越してきたばかりだし、影人《えいと》も自分でまめに掃除しているのだろう。あとは影人《えいと》のバイト先や帰宅ルート、移動手段などを考慮《こうりょ》して、お湯を入れる時間を逆算しなくちゃね。

これには一分一秒のズレも許されない。となれば、方法は一つ。

まずは自前のスマホを使い、天堂《てんどう》家のデータベースへとアクセスして情報を入力。

そして天堂《てんどう》家が時間と莫大《ばくだい》な資金（だいたい東京オリンピックが七回開けるぐらいの額らしい）を投じ、何やらオカルト的な要素も組《く》み込んで独自開発した、スーパーコンピュータの演算能力を使って、お風呂にお湯を入れる最適なタイミングを算出してもらう。科学の力は偉大《いだい》ね。

……よし。これで影人《えいと》が帰ってきた時にお湯を沸かしておくことができる。

次は食事だ。きっと影人《えいと》はアルバイトをがんばってお腹《なか》を空《す》かせているはず。

つまり、最も有効的に胃袋《いぶくろ》を掴めるタイミングになっているということ。

ここで一気に最大火力を叩き込むことができれば、勝機はある……！

影人《えいと》家の冷蔵庫の中にある食材を勝手に使うわけにはいかない。

じゃあ家に勝手に入っていいのかというと、それもまあよくはないだろう。

でも私は天才なのでこの作戦を実行に移す前にマンションをまるごと買い取っている。つまりこのマンションは私の所有物。つまり私の所有物なら勝手に入っても問題なし。

話を戻そう。食材は私の部屋にあるものを使うか、新たに調達してくるかのどちらか。事前に色々と計画を立ててはいるけれど、この料理の部分に関してはまだ決めかねている。私の部屋の冷蔵庫の中には世界中から仕入れたありとあらゆる高級食材を詰《つ》め込んである。それらを使い、この私自ら腕を振《ふ》るえば、三ツ星レストランのシェフですら跪《ひざまず》き、自ら首《こうべ》を垂れて悔《くや》し涙を流しながら敗北を認めるほどの絶品料理が作れるはず。

一見するとこれしか道が無い、完璧なプランのように思えるが……しかし。私の優秀《ゆうしゅう》な頭脳は、この完璧なプランに対抗《たいこう》しうる、もう一つの可能性に気づいていた。

それは――――近くのスーパーで食材を買って作った方が、家庭的な感じがしてよくない？　という可能性である。

高級料理か。家庭的な味か。

究極の二択《たく》だ。これ以上に難しい問題を私は知らない。この問題に比べれば全国模試で一位をとることなんて児戯《じぎ》にも等しい。

考えに考えても答えは出ず、今もこうして当日になるまで悩《なや》んでいるという醜態《しゅうたい》を晒している。

「……そうだわ。アレが使えるかも」

再び天堂《てんどう》家のデータベースにアクセスし、そこから天堂《てんどう》家が時間と巨額《きょがく》の予算（こちらも同じく東京オリンピックが七回は開けるだけの額らしい）を投じて独自開発をしている人工知能に情報を入力する。ちなみにプログラムの基礎《きそ》となる部分は天才たるこの私が作り上げたものだ。信頼性《しんらいせい》は高い。

あとはスーパーコンピュータをリンクさせ、人工知能の機能を底上げしておく。

本来なら人工知能《たにん》に選択を委ねたくはないけれど、当日になっても答えが出てないという無様なことになっている以上、もはや私個人のプライドは二の次だ。

全ては影人《えいと》とのラブラブあまあま夏休みライフ計画のため……！

「…………っ！　答えが出た……！」

人工知能からの回答が出た。これで私の運命が決まる。

震える指でスマホの画面をタップして、結果を表示する。

『どっちでもよき！』

東京オリンピック十四回分の予算が一瞬《いっしゅん》でゴミになった。

端的《たんてき》に言ってクソね。そもそもなによこの馴《な》れ馴れしい感じ。誰《だれ》が作ったのかしら……

そういえばこの口調に設定したの、私だったわ。

「いっそのことスクラップにしてやろうかしら……いえ。機械に選択を委ねようとしたのがそもそもの間違《まちが》いなのよ」

しっかりしなさい天堂星音《てんどうほしね》。運命は自分の手で掴みとるもの。

私はとりあえず膨大《ぼうだい》な予算をつぎ込んで製作されている天堂《てんどう》家のデータベースを閉じ、スマホで『あみだくじ　ツール』と検索《けんさく》をかける。

……うん。もうこのサイトでいいわ。金をかけりゃいいってもんじゃない。

「えーっと、まずは選択肢《せんたくし》を入力するのね……『高級料理』……『家庭料理』……これであみだくじを開始っと」

こうして私は自らの運命を選択し、影人《えいと》の帰りを万全《ばんぜん》の態勢で待つことに成功した。

ちなみに料理は近くのスーパーで食材を買ってきて、カレーを作った。

「おかえりなさい、影人《えいと》」

☆

状況《じょうきょう》を整理しよう。

お嬢はこのところ、どんどん自分の世界を広げている。

そう思った俺は自分の未熟さで足を引っ張らぬよう、旦那様から夏休みをもらって己を高めようと決めた。

以前、雪道《ゆきみち》から「一人暮らしは人間レベルが上がるぞ」ということを聞いたことがあったのも決め手の一つなのかもしれない。

だが、そういった俺の考えなどお構いなしとでも言わんばかりに、なぜかお嬢が隣の部屋に引っ越してきてしまった。

………なぜに？

ダメだ。整理してみたが、まったく状況が分からない。

大いなる混沌《カオス》の前において人間というのはあまりにも無力だ。

俺は混乱する頭でお風呂をいただき、その後はお嬢が用意してくれたカレーを食べた。

美味しい。食材は近くのスーパーで買った物らしいけど、まるでプロの料理人が作ったような出来栄《できば》えだ。

「おいしい？」

「はい。美味しいです。とても」

「よかった。おかわりはいる？」

「お願いします」

「はい、どうぞ」

「ありがとうございます」

「どういたしまして。美味しそうに食べてくれて嬉しいわ」

「それはそうと……なぜ隣の部屋に引っ越してきたんですか？」

「ラブラブあまあま夏休みライフを過ご…………一人暮らしに興味があったからよ」

なんだ⁉　今、お嬢は何を言おうとした⁉

「で、でも、わざわざ俺の部屋の隣に引っ越してこなくても……」

「せっかくの夏休みだからここは新しいことに挑戦《ちょうせん》しようと思ったの決して影人《えいと》の隣を狙って引っ越してきたわけじゃないしたまたま偶然《ぐうぜん》思いもよらず影人《えいと》の隣の部屋だっただけで決して風見《かざみ》を締め上げて吐かせたわけじゃないわ」

なんかあらかじめ用意していた文章を読み上げるような流暢《りゅうちょう》さで事情を説明してきた！

「それとも……私が隣で嫌《いや》だった？」

「そんなことは天地がひっくり返ってもありえません。お嬢が傍《そば》にいること以上の幸せなんて、三千世界を見渡《みわた》したとて見つかることはないでしょう」

これだけは即答《そくとう》できる。断言できる。即答と断言に迷いも躊躇《ためら》いもありはしない。

「そ、そう？　だったら……うん。安心したわ」

心の底から、ほっと安堵《あんど》したような様子を見せるお嬢。

雪道《ゆきみち》や旦那様の呻《うめ》き声や悲鳴のような幻聴《げんちょう》が聞こえてきた気がしたけれど、恐らく気のせいだろう。


「ごちそうさまでした」

「お粗末《そまつ》さまでした」

なんだかんだと、俺はお嬢の作ったカレーをじっくりと堪能《たんのう》した。

お嬢の作る料理は、たとえカレーだろうと文句なしに美味しい。三ツ星レストランで出てきても違和感《いわかん》がないぐらいの味だ。カレーが高級料理だと勘違《かんちが》いしそうになる。

「あ、食器なら私が片づけるから大丈夫《だいじょうぶ》よ。すぐに洗っちゃいたいし」

「お嬢に皿洗いをさせるわけにはいきません。ここは俺が……」

「だめよ。影人《えいと》はお仕事で疲れてるでしょう？　ゆっくり休んでなさい」

「ですが……」

「影人《えいと》」

お嬢は片づけをはじめようとした俺の手を優しく押さえる。

「今の私たちは天堂《てんどう》家を離《はな》れて一人暮らしをしているのでしょう？　だったら、夏休みの間、私はあなたの主じゃない。そしてあなたも、私に仕えている影人《えいと》じゃない。ここにいるのはただの『天堂星音《てんどうほしね》』であり、ただの『夜霧影人《やぎりえいと》』。そうでしょう？」

俺が夏休みの間、自分を磨こうと思ったきっかけは、お嬢が自分の世界を広げているからだ。天堂星音《てんどうほしね》という一人の人間、一人の少女として歩みだしているから。

……そうだ。ここで俺が『主従関係』にこだわっていたら、それこそお嬢の足を引っ張ってしまうことになる。それだけは避《さ》けなければならない。

「……そうですね。お嬢の言う通りです」

俺はお皿を片付けようとした手を離す。

「じゃあ、このお皿は私が洗っちゃうわね」

「お願いします」

お嬢は今にも鼻歌をうたいそうな様子で、とても楽しそうに皿洗いをはじめた。

何がそんなに楽しいのかは分からないがお嬢にとっては新鮮《しんせん》なことなのだろう。

皿洗いを終えたお嬢は自分の部屋に戻《もど》ってお風呂に入った後、また俺の部屋をたずねてきた。

「一人ってなんだか慣れなくて」

ちょっぴり恥《は》ずかしそうに言うお嬢はとても愛らしくて、普段《ふだん》の生活ではあまり見たことのない姿だった。

まあ、だからといって、特にやることがあるわけではない。

むしろ一人暮らしをはじめてから暇《ひま》を持て余すようになったぐらいであり、それはお嬢も同じだったようだ。

特に何かをするわけでもなく、のんびりと一緒《いっしょ》にテレビを見るだけの時間。思えばこんな風に隣同士《となりどうし》でゆっくりとした時間を過ごすなんてこと、今まであんまりなかったな。

「……♪」

「お嬢、ずいぶん機嫌がよさそうですね」

「そう？　ふふっ。影人《えいと》とこうして、邪魔者《じゃまもの》もなく二人きりで過ごせてるからかも」

「邪魔者？」

「ええ。手癖《てくせ》の悪い泥棒猫、とも言うわね」

天堂《てんどう》家のお屋敷《やしき》で猫《ねこ》を飼ってた記憶《きおく》はないな。

「ねぇ、影人《えいと》。明日は何が食べたい？」

「明日？」

「そうよ。またごはんを作ってあげる」

「お嬢にそのようなことをさせるわけには……」

「同じことを言わせないの」

「……わかりました」

「よろしい」

ご満悦《まんえつ》なお嬢《じょう》。その笑顔《えがお》はとても眩しくて、魅力的《みりょくてき》で、見ているだけで引き込まれそうになる。

「で、何か作ってほしいものはある？　何でも作ってあげるわ」

「とても魅力的なお話なのですが、明日は家で夕食をとれそうにないんです。申し訳ありません」

「どこかに出かけるの？」

「バイト先でいただくことになってまして」

「バイト先って……飲食店か何か？」

「いえ、違います」

「じゃあ、どんなお仕事なの？」

「乙葉《おとは》さんのマネージャーです」

「は？？？」

お嬢、かなり驚《おどろ》いてるな。それも当然か。いきなり自分に仕えている人間から友人のマネージャーをやります、なんて言われたら驚くのも当然だ。俺も紛《まぎ》らわしい説明をしてし

まったな。反省しないと。

「安心してください、お嬢。マネージャーといっても、マネージャーさんの補佐的なものですから」

「補佐って……たとえば、雑用とか……？」

「ええ。色々な雑用をすることになるそうです」

「そ、そう。だったら安心ね……」

「大丈夫です。天堂《てんどう》……いいえ。お嬢の名に泥《どろ》を塗《ぬ》るような、無様なまねはしません」

「そこはどうでもいいんだけど、まあ、いいわ。影人《えいと》、お仕事がんばってね。応援《おうえん》しているわ」

「ありがとうございます」

「ところで、雑用って具体的に何をするの？」

「乙葉《おとは》さんの身の回りのお世話だそうです」

「そんな仕事、すぐに辞めなさい」

「お嬢!?　さっき応援してるって言ったじゃないですか!?」

「応援？　するわけないでしょ、そんな仕事」

「お嬢!?」

さっきと言ってることがぜんぜん違う！

「乙葉《おとは》ぁ……！　やってくれたわね……こんな方法で襲撃《しゅうげき》をしかけてくるなんて……！」

なぜかお嬢は一人で悔しがっていた。そういえばお嬢、夏休みにまだ乙葉《おとは》さんと遊んでないのかな。……そうか。お嬢、乙葉《おとは》さんに会えなくて寂《さび》しがってるのか。俺が乙葉《おとは》さんと会うのが悔しいというのもあるのかもしれない。

（お嬢、素直《すなお》じゃないなぁ）

そういうところがまた可愛《かわい》らしい。

第三章　正妻戦争・夏の陣　～羽搏乙葉の策～

「乙葉《おとは》のマネージャーをしてます。巣堂護子《すどうもりこ》です」

「本日、アルバイトで乙葉《おとは》さんの臨時マネージャーをさせていただきます。夜霧影人《やぎりえいと》です。よろしくお願いします」

「こちらこそよろしく」

礼儀《れいぎ》正《ただ》しく名刺《めいし》を渡《わた》してくる巣堂さんは、ぴしっとスーツを着こなしていて、いかにも仕事ができる敏腕《びんわん》マネージャーといった感じだ。乙葉《おとは》さんとはデビュー当初からの付き合いで、彼女《かのじょ》の成功の裏には常に巣堂さんの存在があったようだ……というのは、あらかじめ調べてある。

お嬢の交流関係に乙葉《おとは》さんが加わった時点で、彼女は既《すで》に天堂《てんどう》家の調査対象だ。特に芸能界なんて一般人《いっぱんじん》に比べればキナ臭《くさ》い部分も多い。調査は念入りに行われている。結果として、乙葉《おとは》さんはもちろんのこと、巣堂さんもただの敏腕マネージャーであることは分かっている。

「夜霧《やぎり》さん。まず先に、お礼を言わせてください」

「えっ？」

「あの子の声を取り戻してくれたこと、本当に感謝しています。羽搏乙葉《はばたきおとは》のマネージャーとしてだけじゃなくて、あの子の友人としても……ありがとう」

「大したことはしてませんよ。ただほんの少し、家出少女の相談に乗っただけです」

　実際、あれは俺が特別何かしたというわけでもない。

　乙葉《おとは》さんに親子の会話をするように勧《すす》めてみただけだ。

「……ですが、それはそれ。これはこれ。仕事は仕事。きっちり働いていただきます」

「もちろんです」

「臨時のマネージャーといっても、事前にお伝えした通り、そう大掛《おおが》かりな仕事をしてもらうことはありません。乙葉《おとは》の身の回りの世話や、雑用がメインとなります。……今回は乙葉《おとは》がどうしてもということであなたにアルバイトをしていただきますが、ついてこられないようならその時点で辞めていただきますので、そのつもりで」

「承知しました」

「厳しいようですが、今の乙葉《おとは》は復帰に向けた大事な時期なんです。ご了承《りょうしょう》ください」

「臨時マネージャーとして仕事を全《まっと》うできるよう、全力を尽《つ》くします」

乙葉《おとは》さんはまだ声を取り戻して、歌えるようになったばかり。

今は少しずつブランクを埋《う》めている最中なのだろう。確かに大事な時期だ。

「まずは本日の乙葉《おとは》のスケジュールを把握していただきます」

手渡《てわた》された資料にざっと目を通す。

「外部への流出はもちろんのこと、紛失《ふんしつ》もしないように細心の注意を……」

「覚えました」

「えっ？」

「全て頭に入れたので、こちらのスケジュール表はお返しします。破棄《はき》しても問題ありません」

「スケジュールを間違えることは、万が一にもあってはならないことですよ」

「勿論《もちろん》です」

「……今日の十時からの予定は」

「ボーカルトレーニング」

「十六時三十分」

「その時間だと移動中ですね。十七時から事務所の会議室Cで打ち合わせが入っています。

乙葉《おとは》さんは寒がりなので、会議室の冷房《れいぼう》を強くし過ぎないように調整し、飲み物はホーオー社のミルクティーを用意しておきます」

「二十一時四十五分」

「その時間はスケジュール表に記載《きさい》されていません。今日の乙葉《おとは》さんは、二十時四十五分には自宅に到着《とうちゃく》している予定です」

「…………凄《すご》いですね。完璧《かんぺき》です」

「ありがとうございます」

最後のひっかけも看破したところで、巣堂さんからお褒《ほ》めの言葉をいただけた。

「ですが、常に予定通りに進むとは限りません。何よりアーティストは人間です。その日のコンディションは勿論のこと、モチベーションを維持《いじ》してあげられるように努めることも大事な仕事です」

「乙葉《おとは》さんの活動の助けになれるよう、全力を尽くします」

「お願いします。特にあの子はなんというか……独特というか、えー……個性的というか……まあ、色々と、突拍子《とっぴょうし》もないことをしでかすところがありますので」

「そうですね。家出をしたと思ったらいきなり空から降ってきましたし、ついでに方向に対する感覚が少し個性的ですしね」

「その節は大変ご迷惑《めいわく》をおかけいたしました」

「いえいえ。俺も楽しかったです」

あの時は流石《さすが》に驚いたな。話題の歌姫《うたひめ》様がいきなり空から降ってきたんだから。

「実はあなたにアルバイトをお願いしたのは、その辺りの意味もあるんです。何も知らない人が、いきなり乙葉《おとは》の突拍子もない行動に合わせるのは大変ですから」

「なるほど。それは確かに大変かもしれませんね」

「頼《たよ》りにさせていただきます。……さて。どうやらトレーニングが終わったようですね。よろしければ、声をかけてあげてください。あなたが来ることを楽しみにしていましたから」

巣堂さんに勧められ、レッスン室の扉を開けると――

「……おかえりなさい、だーりん。お風呂にする？　ごはんにする？　それとも……」

――巣堂さんは扉を閉めた。

「…………」

「…………」

「……さて。どうやらトレーニングが終わったようですね」

あ、そこからやり直すんだ。

「よろしければ、声をかけてあげてください。あなたが来ることを楽しみにしていましたから」

「……わかりました」

「扉は私が開けますので」

今度は巣堂さん自らレッスン室の扉に手をかける。どこか祈《いの》りを捧《ささ》げているかのような面持《おもも》ちで、再び扉が開かれ――

「……わ・た・し？　きゃー」

――巣堂さんは扉を閉めた。

「……夜霧《やぎり》さん。先ほど私が視《み》た、レッスンウェアの上からエプロンを身に着け、一切《いっさい》表情筋を動かさぬまま新婚面《しんこんづら》していた羽搏乙葉《はばたきおとは》は幻覚《げんかく》か何かでしょうか？」

「残念ながら現実です」

「そう……ですか……幻覚であることに賭《か》けていたのですが……」

うん。わかった。この人、かなりの苦労人だ。

「……影人《えいと》、どうだった？　わたしの新妻姿」

巣堂さんが閉めた扉から、乙葉《おとは》さんがひょっこりと出てきた。

「予想外でした」

「……奇襲《きしゆう》はバッチリ」

なぜ俺《おれ》を奇襲する必要があるのか、と突《つ》っ込《こ》んだらそれはそれでまた変なものが飛び出してきそうだからやめておこう。

「……乙葉《おとは》、ボイトレはどうでしたか？」

「……問題なし」

「それは何よりです。ああ、それと……アナタの方が詳《くわ》しいでしょうが、一応。臨時マネージャーの夜霧影人《やぎりえいと》さんです」

「よろしくお願いします、乙葉《おとは》さん」

「……ん。よろしく。ずっと楽しみにしてた」

「そう言っていただけると嬉《うれ》しいです」

乙葉《おとは》さんからすれば、俺はご友人であるお嬢のおまけみたいなものだろう。それなのにこんな風に言ってもらえることは素直に嬉しい。

「……今日、星音《ほしね》は？」

「お嬢ですか？　予定がある、とは仰《おつしや》っていましたが、何かまでは……」

「……そう」

乙葉《おとは》さんはきょろきょろと周りを確認した後、ポケットから何かを取り出し、窓を開いて……窓の外へと指で何かを弾《はじ》き飛ばした。その後、すぐにスマホの電源をオフにする。

「……これでよし」

最後に監視《かんし》カメラに向かって勝ち誇《ほこ》ったようにピースサイン。

「……夜霧《やぎり》さん。今のあの子の行動に心当たりは？」

「ドローンを潰《つぶ》しただけでは？」

「……夜霧《やぎり》さんも冗談《じようだん》を言うんですね」

冗談じゃないんだけどなぁ……まあ、俺もなぜ天堂《てんどう》家のドローンや盗聴器《とうちようき》がこんなところに仕掛《しか》けられていたのかまでは分からないけど。

☆

「しまった……！」

私こと天堂星音《てんどうほしね》が自ら作り上げた、光学迷彩《めいさい》機能搭載型《とうさいがた》ドローンのカメラがマゼンタ色に染まった。乙葉《おとは》が指で弾き飛ばしたペイント弾《だん》がカメラ部分に直撃《ちょくげき》したせいだ。私が個人的に趣味《しゅみ》で作っただけの試作品だから替《か》えはないのに。

くっ……！　あの泥棒猫《どろぼうねこ》、見えてもいないのにどうして……もしかして音？　勘《かん》も混じってるかもしれない。無駄《むだ》にハイスペックな泥棒猫は厄介《やっかい》だ。……というか、なんでペイント弾なんか持ってるわけ？　非常識じゃない？

「まずいわ……！　このままだと、あの女が影人《えいと》に手を出しかねない……！」

考えなさい天堂星音《てんどうほしね》。他にも手立てはあるはず……そうよ！　手持ちの端末《たんまつ》から乙葉《おとは》のスマホに侵入《しんにゅう》すれば、少なくとも音を拾うぐらいはできるはず……って電源を切ってる!?

姑息《こそく》なまねをしてくれるじゃない……！

「まだよ！　建物の中にある監視カメラなら生きてるはず！」

監視カメラの映像を端末に映すと……乙葉《おとは》が勝ち誇ったようにピースサインを送った後、影人《えいと》たちを連れてカメラの死角へと姿を消した。

「こんの……泥棒猫――――――――っ！」

☆

乙葉《おとは》さんはどういうわけか、先ほどから可能な限り監視カメラの死角ばかりを選んで行動していた。常日頃《つねひごろ》から警戒《けいかい》を怠《おこた》らず行動するとは……流石は歌姫。

「……乙葉《おとは》。あなたはさっきから一体何をしているのですか？」

が、乙葉《おとは》さんのマネージャーである巣堂さんは沈痛《ちんつう》な面持ちで頭を抱《かか》えていた。

「……警戒。視られてると邪魔《じゃま》が入るかもしれないから」

「マスコミを警戒するのはいいですけど、流石にこんなとこまで追ってこないかと」

「……マスコミならまだマシ。可愛げがある」

「では何を警戒してるの？」

「……わたしの宿敵《ライバル》。あの子なら監視カメラの映像を使ってこっちの様子を探《さぐ》るぐらいはしてくる。イイ感じにいちゃついてる時に邪魔が入ったら悔《く》やんでも悔やみきれない」

なぜだろう。乙葉《おとは》さんの言う『あの子』という言葉でお嬢の顔が浮《う》かんだ。

確かにお嬢ならそれぐらいのことは簡単にできる。けどそこまでして何を視る必要が……………ああ、なるほど。そういうことか。

お嬢はきっと、友人である乙葉《おとは》さんのことを心配しているのだ。

球技大会のバスケを通じて心を通わせてから、どんどん仲を深めてるもんな。乙葉《おとは》さんが監視カメラの死角を選んで行動しているのは照れからくるものに違《ちが》いない。

「乙葉《おとは》さん。俺は分かってますよ」

「……何も分かってない」

　そんな馬鹿な。

「声が戻ったのは嬉しいですが、前よりも行動と発言が突飛《とっぴ》になった気がします……」

「前はどんな感じだったんですか？」

「ライブ後に迷子になった挙句いつの間にか会場のある街の隣《となり》の県にいたり、家出と称《しょう》して私の目を盗《ぬす》んでホテルから脱走《だっそう》したりするぐらいでしょうか」

「乙葉《おとは》さんって見た目は繊細《せんさい》で儚《はかな》げな感じがしますけど、実際は物凄《ものすご》い行動力がありますよね」

「見た目は妖精《ようせい》、中身は怪物《かいぶつ》ですから」

「……照れる」

「照れないでください」

　そういえば乙葉《おとは》さんと最初に出会った時も、ビルの屋上にある手すりにロープを結んで降りて……というか、落ちてたっけ。

「……そろそろ次の予定ですね。乙葉《おとは》、着替《きか》えてください。その後すぐに移動します」

「ん。りょーかい」

更衣室《こういしつ》へと向かおうとした乙葉《おとは》さんだが、何か思いついたように足を止める。

「……影人《えいと》。着替《きが》えを覗《のぞ》きたいなら、覗き穴を作っておくけど」

「冗談で場を和《なご》ませようとしてくれてるんですよね。俺は大丈夫ですから、早く着替えてくださいね」

「……冗談じゃないのに」

このバイトに誘《さそ》ってくれたのは乙葉《おとは》さんだからな。

俺が働きやすいように、冗談を言ったりして空気を作ってくれようとしているのだろう。自分だって復帰に向けたトレーニングをしている最中だというのに細かい気遣《きづか》いもできるのか。流石はプロだな。

その後、乙葉《おとは》さんのスケジュールは順調に消化されていった。

確かに行動が突飛なところもある乙葉《おとは》さんだけど、復帰に向けてレッスンを積んだり打ち合わせをしているその姿や横顔はプロそのものだ。

乙葉《おとは》さんと知り合ってからクラスメイトになったり、球技大会に打ち込む姿を見たり、一緒にテーマパークに行くことになったり、色々な顔を見てきたけれど、こうして実際に『歌姫』としての顔は初めて見る。

特に目を惹《ひ》くのが歌っている時だ。

時に儚く、時に熱く、時に楽しく、時に愛らしく。

歌声と共に、俺の知らない乙葉《おとは》さんの横顔を次々と垣間見《かいまみ》ることができる。

気づけば目の前の素晴《すば》らしいアーティストに対して、心の底からの称賛《しょうさん》を贈《おく》っていた。

☆

計画通り。

わたしが星音《ほしね》と渡り合うためには、自分の強みを活《い》かすしかない。わたしにとっての強みとは即《すなわ》ち、『歌姫《アーティスト》』。

思えばこれまでのわたしは影人《えいと》とは少し距離《きょり》が近すぎた。

距離の近さでは星音《ほしね》には勝てない。

だからこそ、ここであえてわたしと影人《えいと》の距離感を離す。

歌姫という肩書《かたが》きに秘《ひ》められた非日常。手の届かないあの子感。そこに普段のわたしとは違う顔を見せれば、ギャップで心を動かすことができる。

何より――――星音《ほしね》がどれだけ天才であろうとも、歌だけは負けない自信があった。

ふふふ……これは星音《ほしね》にはできない。歌姫であるわたしにしかできない戦略。

あとは影人《えいと》と密室で二人きりになって、『あの手の届かない歌姫が今はこんなにも近くに……』みたいなシチュエーションに持って行って畳《たた》みかける。

………勝った。これはもう完璧に勝った。

「────影人《えいと》。何してるの？」

打ち合わせを終えたわたしは、事務所の空き部屋で作業をしている影人《えいと》に声をかけた。

「乙葉《おとは》さんのファンレターの確認《かくにん》をしています」

「……ファンレターの確認？」

「はい。内容は勿論のこと、中身に不審物《ふしんぶつ》が入っていないかなども確認させてもらってます。……乙葉《おとは》さんは失った声が戻ってきたばかりですからね。巣堂さんからも入念にチェックするように頼《たの》まれているんです」

「……嬉しそうだね」

「お嬢をお守りする立場にある俺の経歴を見込《みこ》んでのご指名ですからね。……あ。ちなみに、後で巣堂さんも念のために確認するダブルチェック体制になっていますから」

ファンレターの確認なら他の人に任せてもいいのに。

護子らしい。それだけわたしのことを大切にしてくれているのも伝わってくるけど。

「凄いですよね。ネットやＳＮＳがある今の時代に、こうやって手書きで思いを手紙にしたためてまで、乙葉《おとは》さんのことを応援してくれているんですから」

わたしの復帰はまだ当分、先のことだ。

今後の活動のためにも、この活動休止期間を利用して色々な経験を積んでいくことにしている。経験を積めばそれだけ表現にも幅《はば》が出るから。

しかし、影人《えいと》が確認しているファンレターは、いくつかの箱の中がいっぱいになるほど詰《つ》まっていた。

「……活動休止してるのに」

山積みになっているファンレター。以前なら何も思わなかった。

だってわたしにとっての歌は、お母さんみたいな魔法《まほう》の歌を目指すための手段であり、お父さんの哀《かな》しみを癒《いや》すための道具でしかなかった──そう思っていたから。

でも今は違う。わたしは歌うことが好きだということに影人《えいと》が気づかせてくれた。

そして、そんなわたしの歌を好きだよって言ってくれる人がこんなにも居ることが、たまらなく嬉しい。胸の中がいっぱいになる。

「まるで魔法ですね。乙葉《おとは》さんの歌は」

「…………えっ？」

「どうしました？」

「……わたしの歌、魔法みたい？」

「俺はそう思います」

「……どうして？」

わたしの中では、まだ自分の歌をお母さんみたいな……堅物《かたぶつ》のお父さんの心を緩《ゆる》ませるような魔法の歌だとは思えていない。自分の歌が嫌《きら》いだとか、そういう気持ちがあるわけじゃないけれど。やっぱり「まだまだ遠いな」と思ってしまう自分もいる。

なのにどうして影人《えいと》は、わたしの歌を……。

「だってこれだけの人の心を動かしているんですよ。魔法みたいじゃないですか」

影人《えいと》は山積みになったファンレターを見ながら優《やさ》しく笑う。

「そう……かな……？」

「そうですよ。だってここには書いてありますから。アナタや、アナタの歌にどう心を動かされたかが、事細かに。動かぬ証拠《しょうこ》ってやつです」

考えたこともなかった。そこに書かれてある言葉の意味を。

考えたこともなかった。ただの文字の羅列《られつ》ではないのだと。

それを知った。また影人《えいと》に教えてもらった。だから気づけた——

「俺からすれば、乙葉《おとは》さんは魔法使《まほうつか》いですよ」

――――わたしはもうとっくに、なりたいものになれていたことに。

「……あのね影人《えいと》。わたしのお母さんは魔法使いだったの」

既に影人《えいと》が確認したファンレターの一つを手に取って、中を開く。

「……お母さんが歌うとね、不愛想なお父さんも笑顔になるの。わたしはお母さんみたいな魔法使いになりたいから歌ってた。いつかお母さんみたいな魔法使いになるのがわたしの夢だった」

今なら分かる。わたしのことを応援してくれているファンの子が、この手紙に込めた思いに。

「……ありがとう、影人《えいと》。わたしが自分の夢を叶《かな》えていたことに気づかせてくれて」

わたしは表情が豊かじゃない。感情に疎《うと》い。だからいつも気づかない。大切なことを見落として、取りこぼしてばかりで。

だけど影人《えいと》はいつも教えてくれる。わたしの取りこぼしてきた大切なものに気づかせてくれる。きっとそれは彼《かれ》にとってはなんでもないことなのかもしれないけれど。わたしにとっては、大切なこと。

「乙葉《おとは》さんのお役に立てたのなら嬉しいです。特に今は、乙葉《おとは》さんのマネージャー補佐ですし」

「……ん。だったら、わたしが次の夢を叶える手伝いもしてくれる？」

「それは勿論。ちなみに、どんな夢なんですか？」

ファンレターを大切に抱きしめながら、胸の中に自然と浮かんだ《だ》その夢を口にする。

「心を動かすわたしの魔法《うた》を、もっとたくさんの人に届けること」

以前のわたしは、心が凍《い》てついていた。何も感じず、毎日が退屈《たいくつ》で、色褪《いろあ》せていて。

でも今は、毎日が楽しい。影人《えいと》と出会って、自分の本心に気づいてからは、毎日がとても色づいている。

心を動かしたことで、わたしの世界は変わった。幸せになった。

だからわたしもみんなの心を動かしたい。みんなの世界を幸せにしたい。

「素敵《すてき》な夢だと思います」

「……わたしのこと、見ててね」

「？　はい。勿論です」

……ああ。一気に畳みかけるつもりだったのに、いつの間にかこっちが大切なものをもらっている。きっと星音《ほしね》は、いつもこんな感じで返《かえ》り討《う》ちにされていたのだろう。

「乙葉《おとは》さんのことは、陰ながら応援させていただきますよ。……とはいっても、マネージャー補佐のお仕事は期間限定なのですが」

「……期間限定じゃなくても、ずっといてくれていいんだよ。明日とか」

「光栄ですが、そうはいきません」

「……………星音《ほしね》に仕えてるから？」

「ああ、いえ。そうではなくてですね。実は明日は他のバイトが入ってて」

星音《ほしね》に仕えてるから、わたしのところには来てくれない――そう言われなくて思わず安堵した。

「……どんなバイト？」

いっそのこと影人《えいと》と同じバイトをしてみるのもいいのかもしれない。

アルバイトはしたことがなかったし、良い経験になるかも……。

「――四元院《しげんいん》家で、海羽《みう》様のお世話をすることになってます」

「は？」

☆

「は？」

乙葉《おとは》の策略《アルバイト》から無事に帰宅した影人《えいと》を迎《むか》えた私こと天堂星音《てんどうほしね》は、安堵の息をつきながらいそいそと夕食を出しながら新婚気分と新妻気分を一人で勝手に味わっていた。仕事から帰ってきた夫を迎える妻……それっぽい！　最高！　夏休み最高！　とはしゃいでいたのだけれど、影人《えいと》から『次のバイト先』の話をされて、気分はどん底を通《とお》り越《こ》して地獄冥界《じごくめいかい》行き一直線の急降下急直下だ。

「えっ………海羽《みう》って……四元院《しげんいん》家の？」

「ええ。お嬢もよくご存じの四元院海羽《しげんいんみう》さんです」

「ば、ばいとって、具体的にはどんな……？」

「詳細《しょうさい》はバイト当日に話されるとのことですが……海羽《みう》さんの身の回りのお世話だそうです。天堂《てんどう》家での経験を活かしてほしいとのことでしたので、もしかすると使用人のようなものかと」

「使用人〜〜〜〜〜〜〜〜〜〜〜〜〜〜〜〜〜〜〜〜!!!????」

影人《えいと》は!!!　私の!!!!!　使用人なのに!!!!!!!

こんなの実質NTRでしょうが!!!!!

寝《ね》てから言えって？　やかましいわよ！　私だって寝れるもんならさっさと寝たいわ！

ああっ、もう！　自分で自分にツッコミをいれちゃった……！

どうしてこんなことになってるの⁉　この夏休みは私と影人《えいと》の『ラブラブあまあま夏休

みライフ』になる計画《はず》だったのに……！　ジャンル詐欺《さぎ》よこんなの!!!

ダメっ！　こんな現実に耐《た》えられない……！　私の素晴らしい頭脳が破壊《はかい》されちゃう……！　世界にとっての損失だわ……！

「お嬢?」

「な、なんでもないわ……なんでもないの」

なんでもないわけがないでしょうよ！

やってくれやがった……！　やってくれやがったわねあの泥棒猫……！　私とお嬢様属性被《かぶ》りしてるくせに、よくもまぁいけしゃあしゃあと……！

歌姫を抱える超大手《ちょうおおて》事務所程度なら私がちょっとあれしてこれすれば監視カメラの映像ぐらいは見れるし、特製ドローンを忍《しの》び込ませることも容易《たやす》い。だけど四元院《しげんいん》家となれば話は別だ。さしもの私もあそこのセキュリティを完全に掌握《しょうあく》するのに三日はかかる。そして泥棒猫の魔《ま》の手が迫《せま》る今、三日という時間はあまりにも大きすぎるロスだ。

四元院海羽《しげんいんみう》はあんな御淑《おしと》やかそうに見えて合コンなんかに参加する尻軽女《しりがる》（※個人の感性・感想です）だもの。何をしでかすか分かったもんじゃない……！　私も合コンに参加してたことは都合よく忘れることにしよう。流石は私。高度な判断。

「……バイト。バイトね。うん。がんばってね」

「勿論です。一時のアルバイトとはいえ使用人。お嬢の名に泥を塗るような真似《まね》はしないよう、全身全霊《ぜんしんぜんれい》で頑張《がんば》ります！」

「半死半生ぐらいの頑張りでいいのよ」

「それだと死にかけてることになりますが……」

いけない。ＮＴＲショックが大きすぎて変なことを口走ってしまった。

「ち、ちなみになんだけど……明日はどこで働くの？　四元院《しげんいん》家のお屋敷《やしき》？」

「そのようです。そちらのお屋敷に来るように言われてますから」

よし。居場所が分かれば何とかなる。いや、何とかしてみせる……！

☆

次の日。

私は新婚・新妻オーラ全開で、バイトに向かう影人《えいと》を見送った後、準備をしてから部屋を出て、ある場所へと向かった。

目的地は勿論、四元院《しげんいん》家のお屋敷だ。セキュリティの掌握はともかく、私一人だけならその身体能力を活かして潜入《せんにゅう》することは容易い。……が、相手は四元院《しげんいん》家。万が一にも見つかってしまえば色々とややこしいことになる。それは最終手段にとっておきたい。

なのでここは堂々と、正面から入ってみることにしたのだ。

ずばり、『愛する夫に愛妻弁当を届けに来た新妻作戦』である。

昨晩、影人《えいと》にはあらかじめ「明日はお弁当を届けに行く」と伝えてある。理由は「温かいうちに食べてほしいから」だとか「影人《あなた》の主として様子を見てみたい」などとしているが、実際は正面から屋敷に入るためのものだ。

正式にアポをとっているわけじゃないから断られる可能性もある、けど……天堂《てんどう》家と四《し》元院《げんいん》家は古くから関わりの深い名家同士。無下に断られることもないだろう。

なにしろ私は天堂星音《てんどうほしね》。あの天堂《てんどう》家の娘《むすめ》であり、その名を轟《とどろ》かせる才女にして令嬢《れいじょう》なのだから！

「申し訳ありません……お嬢様より『天堂星音《てんどうほしね》だけは通すな』と命じられておりまして」

……………………………………あのやろう。

「大した用事があるわけではないの。ただ、そちらで働いている『私の』影人《えいと》にお弁当を届けたいだけで」

「『お弁当を届けに来た場合は、弁当を預かるように』と言われておりますが」

「大丈夫《だいじょうぶ》よ。『私が』『私の手で』『私の影人《えいと》に』届けるから」

「『どうせ自分で届けるとか言い出すだろうからその時は追い返せ』とも……」

こっちの手を読むなんてやってくれるじゃない泥棒猫風情《どろぼうねこふぜい》が……！

「あの～……こちらとしても大変心苦しいのですが、お引き取り頂けないでしょうか」

「………………………」


数分後。

私は最終手段をとり、四元院《しげんいん》家の屋敷の中を歩いていた。

具体的には四元院《しげんいん》家の使用人の格好に変装し、セキュリティの穴をついて屋敷の中に入ったのだ。まぁ私の身体能力と一瞬《いっしゅん》だけ四元院《しげんいん》家のセキュリティを掌握できる技術力があればこれぐらいは楽勝だ。こんなこともあろうかと持ってきてて正解だったわね……四元《しげん》院《いん》家のメイド服。

そしてこれは決して不法侵入ではない。ただ私の使用人にお弁当を届けに来たのだ。それにあの泥棒猫とは元から付き合いがあったし、家同士も古くからの関わりがある。私は悪くない。あの泥棒猫が悪い。

「さてと……影人《えいと》はどこかしら」

四元院《しげんいん》家の屋敷の構造は頭の中に入ってる。

こんなこともあろうかと、あの泥棒猫が影人《えいと》の頬《ほお》にキッスをしやがった日から警戒して集めていた情報が役に立った。

目星をつけて屋敷中の部屋を見回っているが、どこにも見当たらない。

いや、それどころか……四元院海羽《しげんいんみう》の姿すらもない。

「――――……」

「――――……」

廊下《ろうか》を歩いていたら、近くから使用人たちの会話が聞こえてきたので気配を殺して身を隠《かく》す。メイド服を着て遠目からは目立たないようにしているとはいえ、四元院《しげんいん》家の使用人たちもよく訓練されている。私の顔を見れば一発でバレてしまうだろう。

「海羽《みう》お嬢様は今頃《いまごろ》、夏を満喫《まんきつ》している頃合《ころあ》いかしら」

ちょうどあの泥棒猫の話をしているようだ。それにしても……夏？　満喫？　なんか嫌《いや》な予感がするわね。

「時間的にはそろそろかと。それにしても、あの新入り君はラッキーですよねぇ。お嬢様と一緒《いっしょ》に夏の海でバカンスですもん」

新入り君……ってもしかして影人《えいと》？　夏の海でバカンス⁉　どういうこと⁉

「こらこら。バカンスに行くのはあくまでもお嬢様よ。あの新入りはあくまでもお世話するだけ」

「それでも羨《うらや》ましいですよー。いいなぁ……夏の海。お嬢様も珍《めずら》しく楽しみにしてたみたいですし」

「ああ、確かに。出かける時もかなり急《せ》かしていたし。よっぽど楽しみだったのね」

出かける時……？　ま、まさか……！

（や、やられた……！　影人《えいと》をこの屋敷に呼び出したのは、私に対するミスリード！　本命は夏の海でバカンス！）

はめられた！　影人《えいと》とあの泥棒猫はもう……この屋敷にはいない！

ここはもぬけの殻《から》！

第四章　正妻戦争・夏の陣　～四元院海羽の策～

照り付ける夏の日差しを浴び、蒼《あお》く輝《かがや》く海。足元には白い砂浜《すなはま》。

うん。海。何度見ても海だ。アルバイトをしに来たはずが、どういうわけか俺は海にいる。思えば怒涛《どとう》の流れだったように思う。バイト先である四元院《しげんいん》様のお屋敷に到着して、当日知らされると言われていたバイト内容を説明されるかと思いきや、いきなり海羽《みう》さんと車に乗ってお屋敷を出て、その次はプライベートジェット。そして船にも乗って……で、あれよあれよという間に、とあるリゾート地に到着していた。

しかも海羽《みう》さんはどこかに消えてしまったし、俺は四元院《しげんいん》家の使用人さんに「すぐこれに着替えて浜辺《はまべ》で待機していてください」と、どう見ても水着としか言いようのないものをもらってしまった。雇用主《こようぬし》から着替えろと言われた以上は黙《だま》って従って着替えたけど。

「地図にない島にある、セレブ御用達《ごようたし》の高級リゾート……流石は四元院《しげんいん》家だな。この場所は事前の手続きや予約だけでも一苦労なはずなのに」

「天堂《てんどう》家に仕えている影人《えいと》様にそう仰っていただけるなんて光栄ですわ」

「海羽《みう》さん」

砂浜に小さな足跡《あしあと》を記しながら、優雅《ゆうが》な足取りでやってきたのは海羽《みう》さんだ。

純白のワンピースに身を包み、頭には青いリボンの麦わら帽子《ぼうし》。手には日傘《ひがさ》を持っていて、乱暴に降り注ぐ真夏の日差しを上品に断っている。どれも世界的に有名なデザイナーが手掛《てが》けた、最高級ブランドのものなはず。それをただ闇雲《やみくも》に身に着けるのではなく、調和させつつ上品に着こなしている。

「着替えてらしたのですね。月並みな言葉ですが、とても美しいと思います。海羽《みう》さんのお好きな青のリボンの帽子も素敵ですね」

「ふふっ。ありがとうございます。……あら？　わたくしが青を好んでいるとなぜお分かりに？　影人《えいと》様とわたくしは家同士の交流の場でしか関わることがなかったと記憶《きおく》しておりますが……」

「それだけで十分です。周囲の観察、記憶、推測。天堂《てんどう》家に仕える者、お嬢《じょう》に仕える者として当然の技能ですから。何より青いものを身に着けていらっしゃる時の海羽《みう》さんは、いつもより楽しそうなお顔をされてますし」

「あら。影人《えいと》様には乙女《おとめ》の顔を覗き見るご趣味が？」

「そ、そういうわけでは」

「ふふふ。分かっておりますわ。少しからかってみただけです」

海羽《みう》さんはそう言って笑いつつ、更《さら》に歩を進めていく。

その歩みは止まらず、海羽《みう》さんは自らが持つ日傘の下に俺を引き寄せた。この時、日傘は日差しを遮《さえぎ》るためではなく、周囲から俺と海羽《みう》さんを隠すためだけに使われている。そんな確信がある眼差《まなざ》しを、彼女《かのじょ》は向けてきて。

「…………でも、影人《えいと》様ならいいですよ」

日傘の下。海羽《みう》さんは俺の耳元で、妖精のように甘《あま》く囁《ささや》く。

「わたくしの顔を、好きなだけ御覧《ごらん》になっても」

吐息《といき》が艶《つや》やかに耳元をくすぐる。一瞬だけ肩《かた》が強張《こわば》ってしまったのは、海羽《みう》さんの唇《くちびる》が頬に触《ふ》れた感触《かんしょく》を思い出してしまったから。

「それも、からかいですか？」

「影人《えいと》様は、どちらをお望みですか？」

あんなことがあったせいだろうか。今も頬に残る熱の名残《なごり》を意識すると、どうしても目の前の唇を追ってしまう。触れようと思えば触れられる距離。海羽《みう》さんの唇の動きは、それを誘うかのように蠱惑的《こわくてき》だ。

（……しっかりしろ。思い出せ、夜霧影人《やぎりえいと》。お前はここに何をしにきた？　働きに来たん

だろう）

　俺はここにアルバイトをしにきたんだ。報酬《ほうしゅう》を受け取る以上、金額に見合った働きをしなければならない。そうだ。既《すで》にアルバイトは始まっている。

――考えろ。脳をフル回転させ、思考の海に溺《おぼ》れろ。

　海羽《みう》さんのこの問いかけには何らかの意味があるはずだ。

　まずは状況《じょうきょう》を整理しよう。ここは高級リゾート地。白い砂浜に青い空、透《す》き通るような海が広がっている。まさに夏が生み出す絶景。そして、この場所は恋人《こいびと》や愛人たちが訪《おとず》れるスポットらしい。

　そんな場所で海羽《みう》さんはわざわざ美しいワンピース姿に着替えて、こうして日傘の下に俺を引き込んで、今にも唇が触れてしまいそうな距離で甘く言葉を囁いている。しかも、わざわざ異性である俺に対して。前回、頬に口づけをした男子に対して。

　以上の情報を集約し、回答を導き出すと……海羽《みう》さんは夜霧影人《やぎりえいと》という男性に対して好意を持っており、アプローチをしかけている。

――――――と、普通《ふつう》なら考えるだろう。

こんな思考では、報酬分の働きはできない。

雇用主の行動や指示の意図を察し、気遣いのできる世話係《バイト》にならなければ。

それこそが、天堂《てんどう》家という宇宙で輝く綺羅星《きらほし》が如きお嬢に仕える者としての矜持《きょうじ》。

何より天堂《てんどう》家の使用人として、メンタル面の訓練も受けているからな。

特に旦那様《だんなさま》からは美人局《つつもたせ》対策も兼《か》ねて、「星音《ほしね》……じゃない。女性の行動にいちいち勘《かん》違《ちが》いしないように」と熱心に教育も受けた。

その成果をここでいかんなく発揮するんだ。

見抜《みぬ》くんだ。海羽《みう》さんの発言の真意を。言葉に秘められた本当の意味を！

「…………分かりましたよ。海羽《みう》さん。あなたの言葉の意味が」

「影人《えいと》様……！」

「海羽《みう》さんの行動がからかいかどうか。俺はどちらを望むか。この問いかけの真の意味は……海羽《みう》さんの世話係としての心構えを、俺に示してくれたわけですね？」

「は？」

「指示待ち人間になるのではなく、自分で考えて行動しろ。……海羽《みう》さんは、そう仰りたいんですよね！」

「違います」

「違うんですか」

海羽《みう》さんのこの目が死んだ表情《かお》知ってる。お嬢がよくするやつだ。

……というか、違うのか。おかしいな。渾身《こんしん》の解釈《かいしゃく》だったんだけど。

「……はぁ。なるほど。これは天堂星音《てんどうほしね》が苦戦するわけです」

「なぜ、ここでお嬢が？」

「まあ、元より簡単だとは思っておりません。まずはじっくりと、同じ時間を過ごすところから始めましょう。……邪魔者《じゃまもの》は撒《ま》いたことですし」

「じゃまもの？」

「こちらの話ですわ。お気になさらず」

☆

「────甘いわね。四元院海羽《しげんいんみう》……いいえ。大型新人泥棒猫第二号」

天堂星音《てんどうほしね》はタブレットに表示された画像を見て笑《え》みを浮かべる。

隣できょとん、と小首を傾《かし》げているのは世界的にも有名な歌姫《うたひめ》、羽搏乙葉《はばたきおとは》だ。

影人《えいと》から海羽《みう》のもとでのアルバイトを聞かされたことと、幸運（？）にも先方や事務所側に様々なトラブルが重なった結果、今日は休日《オフ》になったということもあって、星音《ほしね》のもとに合流してきたのだ。

「……もしかして、第一号ってわたし？」

「そうよ」

「……泥棒猫もなにも、影人《えいと》は星音《ほしね》の彼氏《かれし》じゃないのに」

「だまらっしゃい」

都合の悪い言葉を全力で無視して、星音《ほしね》はタブレットを操作する。

「私を撒いたことは褒《ほ》めてあげるけど、詰めが甘かったわね。外に出た時点で、衛星写真で丸見えよ」

「……またハッキング？」

「失敬な。私自ら開発した人工衛星よ。乙葉《あなた》との一件があってから宇宙《そら》に打ち上げておいたの」

「……その熱意を真っ当に使えばいいのに」

「あー、あー、聞こえない聞こえない。泥棒猫の鳴き声なんて何も聞こえないわ。……けど、厄介な場所に逃《に》げ込《こ》んだものね。この高級リゾート地、秘匿性《ひとくせい》が高いだけあって、入るには事前に予約や細かな手続きや審査《しんさ》が必要なのよね。天堂《てんどう》家の力を使ってもいいけど、敵をつくりかねないし……ここは潜水艦《せんすいかん》を使って上手《うま》く潜《もぐ》り込むしか……」

「……わたし、この島に仕事で行ったことがある」

「そうなの？　凄《すご》いじゃない。流石《さすが》は世界の歌姫様ね」

「……その時に色々あって、ここの支配人と友達になって、わたしはこれからは顔パスでいいよって言われた」

「ねえ乙葉《おとは》。私たちって友達よね？」

「……星音《ほしね》のそういうなりふり構わないところ、けっこう好き」

「ありがとう。誉《ほ》め言葉として受け取っておくわ」

「……それじゃ、わたしはこれで」

「おいこら待ちなさい」

そそくさと去ろうとした乙葉《おとは》の手を掴《つか》んで引き留める星音《ほしね》。

「……影人《えいと》の場所が分かった以上、星音《ほしね》にもう用は無いし」

「清々《すがすが》しいまでの切り捨てっぷりね。けど、いいのかしら？　私を切り捨てて」

「……どういう意味？」

「この島に行く方法は限られてるわ。ましてや時間が惜《お》しいなら、天堂《てんどう》家のプライベートジェットでかっ飛ばした方が速いと思うけど」

「……仕方がない。ここは一時休戦」

「それはこっちのセリフよ」

ここで大型新人泥棒猫《どろぼうねこ》第一号と争っていても互《たが》いにメリットはない。

その見解は一致《いっち》していた。

「待ってなさい影人《えいと》。海羽《みう》」

「……すぐに行くから」

☆

忘れそうになるが、俺《おれ》はここにアルバイトをしに来たのだ。報酬をいただく分の働きをするのは当然だ。

しかし、天堂《てんどう》家のこと……お嬢のことならばともかく、四元院《しげんいん》家の作法ともなれば部外者の俺には掴めないことだ。出来れば同じ使用人の誰《だれ》かに簡単にでも教えてもらいたかったのだけれども……今は違《ちが》うとはいえ、俺は天堂《てんどう》家の使用人だしな。他所の家の者に迂闊《うかつ》に内部情報は洩《も》らせない、ということなのだろうか。納得《なっとく》できる理屈《りくつ》だな。

……だけど、どういうことだろう。なぜ主である海羽《みう》さんの傍《そば》にいるのが俺だけなんだ？

他の使用人やボディーガードの姿がまったく見当たらない。気配を探《さぐ》ってみると周囲にいることは分かるのだけど。視界には入らず影のように仕えよというのが海羽《みう》さんの指示なのだろうか。だとすればますます、なぜ俺だけがこうして傍を歩くことを許されてるんだ？

「影人《えいと》様。どうかなされましたか？」

「考えていました。なぜ、海羽《みう》さんの傍にいるのが俺だけなのだろうかと」

「ふふっ。他の者をあなたの視界に入れたくないのです。影人《えいと》様にはわたくしだけを見ていてほしいですから」

「他の人がいたって、俺は海羽《みう》さんだけを見ていますよ？」

なぜなら今の俺は海羽《みう》さんの世話係だ。その一挙一動を見逃《みのが》さぬように注意している。

無論、周囲への警戒《けいかい》も怠《おこた》ってはいない。

「…………そっ……う、ですか……」

「海羽《みう》さん？」

「も、申し訳ありません。ここまで真っすぐに見られることに慣れていなくて……まさか仕掛《しか》けたつもりが、返り討ちにあってしまうとは……」

なぜか海羽《みう》さんに顔を逸《そ》らされてしまう。

ヘンなことを言ったつもりはなかったが、海羽《みう》さんにとっては違ったらしい。

「家の者を傍につけていないのは、他にも理由があります。……時に、影人《えいと》様。あなたは夏休みを利用して、普通の高校生らしい生活を送ることを目的としているのですよね？　わたくしの家で働いているのも、アルバイトの一環《いっかん》だと」

海羽《みう》さんの言葉に頷《うなず》く。この辺りは面接の際にも説明したことだ。

「実はわたくしも同じことを考えておりましたの。ご存《ぞん》じかもしれませんが、わたくしの通っている鳳来桜学園《ほうらいおうがくえん》は一般《いっぱん》家庭の生徒も多数在籍《ざいせき》しておりますが、世間一般的な『普通の高校』からは少しばかり離《はな》れております」

最近は少子化の影響《えいきょう》もあってか生徒数が下降傾向《けいこう》にあり、共学化こそ控《ひか》えているものの、鳳来桜学園《ほうらいおうがくえん》は歴史と気品を兼ね備《そな》えた名門だ。

実は、お嬢が通う学校として第一候補に挙がっていたところでもある。

カリキュラムは勿論《もちろん》のこと設備や警備体制も申し分なく、当然ながら俺もお嬢の右腕《みぎうで》として太鼓判《たいこばん》を押《お》した。

お嬢様学校、つまり女子校であるため、学園生活を送っている間は俺が傍に居られないという問題点はあるものの、天堂《てんどう》家の人材は厚い。お嬢の身を護《まも》るために訓練で高いスコアを叩《たた》き出した女性使用人の中でも精鋭《せいえい》中の精鋭をつける予定だった……のだが。

「は？　女子校？　嫌よ。影人《えいと》と一緒に通えないでしょ」

――――という、お嬢の一言で現在の天上院学園《てんじょういんがくえん》になったのだ。

旦那様と奥様《おくさま》の母校でもあるのでそれはそれで構わないのだけれども、俺がいたせいでお嬢の選択肢《せんたくし》を狭《せば》めてしまうことになったのは、俺にとって苦い記憶だ。……いや。今は俺の苦い記憶なんてどうでもいいな。

「社会経験として、影人《えいと》様と一緒に『普通の高校生らしい夏休み』を過ごしてみようかと思ったのです。『普通の高校生』は傍に使用人を置いて遊んだりはしないでしょう?」

「それはそうですが……つまり、俺も今日は世話係《アルバイト》ではなく、あくまでも『友人』として共に行動せよと?」

「そういうことですね。命令……とまではいきませんが、あくまでもわたくしの要望として捉《とら》えていただければ」

「それが海羽《みう》さんの望みであるなら、叶えるために全力を尽《つ》くします。……と言っても、俺も『普通の高校生』らしさというものを模索《もさく》している段階なのですが」

普通の高校生らしさ。考えてみると難しい。

こういう時は誰かを手本にして行動するべきか。身近な人の中で『普通の高校生らしさ』の手本となるような人といえば…………雪道《ゆきみち》……は、ダメだな。あいつの語る『普通』は不健全だ。だからといって、お嬢を『普通』の枠《わく》に入れてしまえば人類の大半が普通以下になってしまうし……普通。普通って難しいな。

……いや。難しく考えようとするからダメなんだ。

ここは素直《すなお》に、自然に、目の前の海羽《みう》さんに集中しよう。海羽《みう》さんが楽しい時間を過ごせるようにしよう。少なくともそれが俺にとっての『普通』だ。

（問題は、海羽《みう》さんに何を提案するかだな）

海に来たのにわざわざ水着ではなく、ワンピースに着替《きか》えている……つまり海羽《みう》さんは、海か……もしくは泳ぎが苦手なのかもしれない。でも、海そのものを嫌っているわけではないのだろう。嫌っていたらわざわざこんなところには来ないだろうし。日傘を持っているのは紫外線《しがいせん》対策もあるのだろうが、移動を前提としたチョイスのはずだ。座《すわ》って眺《なが》めるつもりならビーチチェアとパラソルぐらいは用意させていそうだが、それも見当たらない。

だったら……。

「海羽《みう》さん。まずは一緒に散歩でもいかがでしょう。ここの海はとてもキレイですし、景色でも眺めながらお話ししませんか」

「勿論。喜んで」

俺の提案に海羽《みう》さんは天使のように柔《やわ》らかな微笑《びしょう》を浮《う》かべながら、静かに頷いた。

透き通るような蒼い海を横目に雑談を交えながら白い砂浜を歩いていくと、同じようにこのリゾートを訪れた人々の、海で遊ぶ楽し気な声が聞こえてくる。

時折、海羽《みう》さんの視線はそうした人々の方へと向けられているのを見て、俺は自然と手を差し出していた。

「海羽《みう》さん。そろそろ暑くなってきましたし、足元だけでも海に入ってみませんか？　俺が手を握《にぎ》っていますから」

四元院《しげんいん》家は天堂《てんどう》家に匹敵《ひってき》するほどの名家である。

海羽《みう》さんも上流階層の一員で、だからこそ他者に対しそう簡単に弱みを見せられない。弱みを見せれば付け込まれる。付け込まれれば家全体を危機に晒《さら》す。だから四元院《しげんいん》家でもそうした『他者に弱みを見せないようにすべし』という教育を受けてきたはず。

……ちなみに天堂《てんどう》家の場合はそのへんちょっと緩いというか、そもそも婿《むこ》入りした旦那様が一般家庭の出だし、幼馴染《おさななじみ》の奥様も学生時代は本家とは距離《きょり》をとって過ごされてきたらしいから殆《ほとん》ど一般家庭の出みたいなもんだと仰《おっしゃ》ってたし。お嬢は弱みを見せて付け込む輩《やから》が現れようが力業で何とかしちゃう人だから例外なんだけど。

「…………影人《えいと》様。もしかして、わたくしが泳ぎが苦手だと、ご存じだったのですか？」

「…………海羽《みう》さんの服装を見て、なんとなくそうなのかなと」

「ふふっ。お散歩を提案したのも、わたくしに気を遣《つか》ってくださったのですね」

「すみません。もっとスマートに出来ればよかったんですけど」

「そんなことはありませんわ。嬉《うれ》しいです。とても」

逆に気を遣わせてしまっては意味がない。俺もまだまだだな。

「一応、下には水着も着ておりますのよ。影人《えいと》様がお望みなら、足がつく場所で遊べるように。……よろしければご覧になります？」

「え、遠慮《えんりょ》しておきます」

「あら。わたくしの水着姿に興味がないと？」

「そんなことはありませんがっ」

「ではお見せいたしますね」

…………あれ？　もしかして俺、誘導《ゆうどう》された？

内心で首を傾げている間にも海羽《みう》さんは心なしかゆったりとした手つきで上品で美しいワンピースを捲《まく》っていく。身体を覆《おお》う布が取り払《はら》われ、白くて美しい素肌《すはだ》と抜群《ばつぐん》のプロポーションが夏空の下に露《あら》わになった。その魅惑的《みわくてき》な仕草に心臓の鼓動《こどう》が僅《わず》かに加速する。

……落ち着け。俺はあくまでも海羽《みう》さんの友人だ。心を平静に保て。邪《よこしま》な感情を捨て去れ。天堂《てんどう》家での精神訓練を思い出せ……。

「ふふふ。いかがですか？　今日のために新しいものを用意したのですが」

「とても美しいです。お似合いですよ」

「ありがとうございます。では、エスコートをお願いしても？」

「喜んで」

再び手を差し伸《の》べ、海羽《みう》さんはその手をとる。万が一にも離れることがないように二人でしっかりと手を繋《つな》いで、蒼い海へと足を浸《ひた》す。

「冷たくて気持ちいいですわね。それに波の音も……ここならよく聞こえます」

目を閉じて波の音を堪能《たんのう》する海羽《みう》さん。泳げない代わりか、海というものをしっかりと噛《か》み締《し》めようとしているかのようだ。

「海羽《みう》さんは、本当に海が好きなんですね」

「ええ。とても。わたくしの名前にも『海』という字が入っていますでしょう？　愛着もありますし、憧《あこが》れもあります」

「海にですか？」

「ふふっ。可笑《おか》しいように聞こえるでしょう？　ですが本当に、憧れているのです。海はとても広くて、大きくて、深くて。わたくしも同じようになりたいと常々感じています。自分が小さな存在であると自覚している分、特に」

……海羽《みう》さんは自分のことがあまり好きじゃないのかもしれないな。

何かしらのコンプレックスを抱《いだ》くことが多かったのか。或《ある》いは、周囲の声が原因か。

「せめて泳ぎが得意であればよかったのですけれど……」

「でしたら、泳ぎの練習でもしてみますか？　俺が付き合いますよ」

「夏休みに泳ぎの練習……確かに。それは普通の高校生らしい振《ふ》る舞《ま》いかもしれませんね」

「そういうつもりはありませんでしたが……言われてみればそうですね」

……これで海羽《みう》さんが少しでも自分に対して自信がつけばいいな。

ご自分の魅力《みりょく》に気づかず、自分を卑下《ひげ》しているのは勿体《もったい》ない。

「ですが影人《えいと》様。いきなり海で練習……というのは、わたくしも不安ですわ」

「最初はプールで練習した方がいいでしょうね。ホテルの方に行けば共有のプールがあったはずですが……」

四元院《しげんいん》家のご令嬢が共有プールで泳ぎの練習をしている姿を見られるわけにもいかないか。どうするかな。

「……ご安心を。とてもとてもとても幸運なことに、わたくしの押さえている部屋には、なんと驚《おどろ》くべきことに偶然《ぐうぜん》にも、備え付けのプールがあるのです」

「そうなんですか？　……あれ？　でも前は部屋に備え付けのプールなんて無かった気が……」

「新しく造らせ……ではなく、新しく造られたのでしょう。運がいいですね」

「そうですね。とても運がいいです。これも海羽《みう》さんの日頃《ひごろ》の行いの賜物《たまもの》でしょう」

「そうでしょうとも」

こんな偶然もあるもんなんだな。人目につかないところで特訓しようとしていたところに、人目につかないプールが新しく造られてたなんて。まるでこの日の為《ため》にあらかじめ急ピッチで工事されたみたいじゃないか。

「それで……ですね。影人《えいと》様。せっかくですし、合宿ということにいたしませんか？」

「合宿ですか？」

「ええ。夏休み合宿。泊《と》まりがけの特訓です。これも、普通の高校生らしいでしょう？」

「確かに！」

夏休み合宿！　なんか物凄《ものすご》く普通の高校生っぽい！

「では、夏休み合宿に参加していただけますか？」

「はい！」

「わたくしの泳ぎの練習に付き合ってくださいますか？」

「はい！」

「プールのあるわたくしの部屋で、共に寝泊《ねと》まりしてくださいますか？」

「はい！　…………………………………はい？」

「では、参りましょう」

「あれ？」

にこっと女神《めがみ》のような笑《え》みを浮かべた海羽《みう》さん。だが、その笑顔からは想像もできない握力《あくりょく》で繋いだ手はがっちりと固定され、俺は引きずられるようにして海を後にすることになった。

☆

「……♪」

機嫌《きげん》よく鼻歌を歌う海羽《みう》さんは、先ほどからすれ違う人々の目を惹《ひ》きつけてやまない。

傍《はた》から見れば妖精《ようせい》のような美貌《びぼう》なのだから当然だとは思うのだが、しかし俺の腕《うで》を掴む握力は妖精とは思えぬほどだ。……ダメだ。脱出《だっしゅつ》できない。無理やり解くわけにもいかないし。

「あ、あの、海羽《みう》さん？」

「なんでしょう？　もしかして、お部屋に何か不満でも？　ご安心ください。最高級の部屋を押さえておりますので」

「そういう問題ではなくてですね。流石に男女が同じ部屋で寝泊まりというのは、四元院《しげんいん》家のご令嬢として些《いささ》か……いや、かなり問題かと……」

「ふふふ。それについてはご心配なく。わたくしとて、その辺りのことはきちんと考えておりますもの」

「そ、そうですよね」

流石は海羽《みう》さんだ。こういう時、お嬢のことを思《おも》い浮かべるのは失礼なんだろうけど……お嬢だったら、かなり無理やりな理屈でゴリ押ししてくるところだった。

「よろしければ、海羽《みう》さんのお考えを聞かせていただいても？」

「構いませんわよ。ですがその前に、一つだけ確認《かくにん》することがありますわ」

「なんでも確認してください」

「影人《えいと》様は、こういう言葉をご存じでしょうか？」

海羽《みう》さんはパーティーで幾人《いくにん》もの男たちを虜《とりこ》にする微笑を浮かべながら、

「――――『バレなければ何をやってもいい』」

「バレなくてもやっていいことと悪いことはあると思いますが⁉」

笑顔でものすごいこと言い出したぞこの人。

「……というかこれは四元院家《しげんいん》……いえ。海羽《みう》さん自身の評判にもかかわる話ですし」

「ご心配には及《およ》びません。……わたくしの評判など、あってないようなものですから」

「それは……」

どういうことでしょうか、と問いかけようとしたその時だった。

「こんなところで何をしている。海羽《みう》」

真夏だということを忘れそうになるほどの冷たい声が。

俺の腕を掴む海羽《みう》さんの手が強張るのを感じる。先ほどまで躊躇《ちゅうちょ》なく進んでいた足が凍《こお》り付いたように止まり、ゆっくりと声の主の方を振り向いた。

「……あら。偶然ですわね。お兄様」

海羽《みう》さんは顔に作り笑いを張り付ける。

お兄様と呼ばれた人物は、質の良いスーツを着こなした一人の青年だった。

確か資料によれば歳《とし》は二十のはず。現在の身長は……目算で百八十センチほどだろうか。寡黙《かもく》で厳格な雰囲気《ふんいき》を帯びた人物で、武道の心得があるせいか、近寄り難《がた》く隙《すき》の無い佇まいをしている。仮に今、この場で襲撃《しゅうげき》を受けたとしても、冷静に対処するだろうという確信を抱かせた。

（このお方は……）

お嬢が参加していたパーティーで何度か見た。資料に目を通しているので把握《はあく》している。

この人は四元院《しげんいん》家の長男であり、海羽《みう》さんの兄にあたるお方……四元院嵐山《しげんいんらんざん》様だ。

「何をしているも何も、見ての通りお友達とバカンスを楽しんでいるだけですわ」

「……友達だと？」

ここで初めて嵐山《らんざん》様の視線がこちらに向けられ――――いや。彼《かれ》は最初から俺のことに気づいていた。視線を向けずに、意識だけを俺の方に向けていた。警戒していることを悟《さと》られぬようにしていたのだ。

「申《もう》し遅《おく》れました。夜霧影人《やぎりえいと》です」

「……『天堂《てんどう》家の番犬』が何故《なぜ》ここにいる。お前が天堂星音《てんどうほしね》の傍から離れるとは考えられん。海羽《みう》を誑《たぶら》かして四元院《しげんいん》家の内部に潜り込む算段でもつけたか？」

すごい！　なんてマトモなんだこの人は！

先ほどから見せる隙の無い佇《たたず》まいといい、厳格な雰囲気といい、ごく当然の指摘《してき》や警戒といい、次期当主として模範的《もはんてき》すぎる……！　これなら四元院《しげんいん》家も安泰《あんたい》だ！

俺はお嬢をこの世界、否、この宇宙で最も素晴《すば》らしい主であると思っている。

そんな主に仕えることができる俺はこの世で最も幸福な役目を持っていると言っても過言ではないと、常々感じている……が、それはそれとして、ここまで『次期当主』として模範的な人を見ると、思わず感動に打ち震《ふる》えてしまう。これはもう条件反射みたいなものだ（語るまでもないことだが、お嬢の破天荒《はてんこう》さは神ですら膝《ひざ》をつきひれ伏《ふ》す魅力ではあるのだけれど）。

俺の心はもう『模範的な人』への耐性《たいせい》が無いのかもしれない。

「……っ！　お兄様！　わたくしの友人を侮辱《ぶじょく》しているのですか⁉」

嵐山《らんざん》様の言葉に対し、反射的とでも言わんばかりの速度で海羽《みう》さんがくってかかる。

「影人《えいと》様は今、一時的に天堂《てんどう》家を離れています。今日はアルバイトとしてわたくしに仕えてくださっているだけですわ。それに、これはわたくしから持ちかけたお仕事です！」

「アルバイトだと？　勝手なことを……まあいい。それで、そのアルバイトの内容とやらはなんだ？」

「お兄様に関係ありますか？」

「私は四元院《しげんいん》家の次期当主だ。情報を把握する権利はある。それとも――私に言えないような、疚《やま》しいことでもしていたか？」

「疚しいことなどしていませんわ！」

「なら言ってみろ。ここで何をするつもりだ？」

そう。俺はあくまでもアルバイトであり、海羽《みう》さんは雇用主だ。

れっきとした雇用《こよう》関係。付け加えるなら『友人』という関係でもある。

疚しいことなんて何も…………


「プールのあるわたくしの部屋で、共に寝泊まりしようとしていただけです！」

…………ものすごく疚しいことをしているようにしか聞こえない。


「…………………………そうか。天堂《てんどう》家の差し金だな？」

「なぜそのような勘違いをなさるのですか！」

ごめん海羽《みう》さん。俺が嵐山《らんざん》様の立場なら同じことを考えると思う。

……くそっ。こんな時だというのに嵐山《らんざん》様のマトモさに感動している自分がいる！

「楽しい気分が台無しです……お兄様が居ると知っていれば、ここには来ませんでした」

「私がここに来ることは半年前からスケジュールに入っていたことだ。現当主の代理として、すべきことがあるからな」

「あらそうでしたか。知りませんでしたわ。…………家のことなど、わたくしには何も教えてくださらないものですから」

「お前に教える必要はないことだ」

「……………それればかりですわね、お兄様は。昔から、いつも……」

「そんなことを気にかける暇《ひま》があるなら己《おのれ》を磨《みが》くことに専念しろ。くだらんことに時間を浪費《ろうひ》するな。……だからお前はいつまでたっても……」

「嵐山《らんざん》様」

俺はただのアルバイトに過ぎない。ましてやこれは四元院《しげんいん》家の……家族の問題であり、兄妹《きょうだい》の問題だ。部外者である俺が口を挟《はさ》める余地などないのだろう。

「そこから先の言葉を口にしてはなりません」

それでも、俺は敢《あ》えて口を挟もう。

「……………何が言いたい？」

「己を磨くことは確かに重要です。四元院《しげんいん》家に生まれた以上は必要でしょう。嵐山《らんざん》様なりの叱咤《しった》激励《げきれい》であるということも理解しております。……ですが、それ以上の言葉はただ無意味に彼女を傷つけるだけです。どれだけ美しく磨かれた宝石も、傷が重なれば欠けてしまいます」

「一介《いっかい》の使用人風情《ふぜい》が吼《ほ》えたものだな」

「確かに俺は使用人ではありますが、同時に海羽《みう》さんの友人でもありますので」

「お前が海羽《みう》の友人に相応《ふさわ》しい人間だとでも思っているのか？　うぬぼれるな」

「アナタの懸念《けねん》はもっともです。いくら今の俺が一時的に天堂家《てんどう》から離れているとはいっても、海羽《みう》さんの友人として傍に置くには不安もあることでしょう。ましてや俺は一介の使用人に過ぎません。海羽《みう》さんの友人として相応しくないとお考えになるのは当然のこと……故に。アナタに見定めていただきたい」

「……なに？」

「俺が、海羽《みう》さんの友人に相応しいかを」

「お前が海羽《みう》の友人に相応しいか、私が見定めるだと？　くだらん。子供の遊びに付き合っている暇はない」

「よろしいのですね？」

まずは言葉で挑発《ちょうはつ》。嵐山《らんざん》様の視線が移動するまでの刹那《せつな》、海羽《みう》さんの指に俺の指を絡《から》め、彼女の身体を引き寄せる。強引《ごういん》に引っ張らないように、力の流れを利用して、繊細《せんさい》に丁重《ていちょう》に。

「俺が、海羽《みう》さんの傍にいても」

「…………………」

嵐山《らんざん》様は言葉を何も発さない。しかし、視線は確かにこちらに向いている。

「あ、あの……影人《えいと》さま……」

「では行きましょうか海羽《みう》さん。今日は一緒《いっしょ》にプールで遊ぶ予定ですし」

そのまま背を向けて歩き出そうとしたその時。

「……待て」

嵐山《らんざん》様の制止が、俺の歩を止めた。

「……いいだろう。その安い挑発に乗ってやる。たかる虫の排除《はいじょ》は四元院《しげんいん》家の品格を保つために必要なことだからな」

あからさまな安い挑発に乗ってきた。やっぱりこの人は……。

「では貴様は、何を以《もっ》て証明する？　己が海羽《みう》の友人に相応しいと」

「何を為《な》すかは、そちらが提案しても構いません」

「……私が無理難題を押し付けると思わないのか？」

「押し付けられたとしても乗り越《こ》えてみせましょう」

「………」

嵐山《らんざん》様の鋭《するど》い眼差《まなざ》しから発せられる威圧《いあつ》感は、この場一帯の重力が何倍にも膨《ふく》れ上がったような錯覚《さっかく》を抱かせる。一瞬《いっしゅん》だけ高重力下での訓練のことを思い出してしまった。

資料によると四元院《しげんいん》家次期当主の嵐山《らんざん》様は武道の心得もあるとのことだが、かなりの手《て》練《だ》れであることは間違《まちが》いない。

「………泳げるようにしろ」

数秒ほど続いた無言の圧は、ほどなくして途切《とぎ》れた。

「海羽《みう》を泳げるようにしろ。期限は今日を含《ふく》めて五日間だ」

嵐山《らんざん》様の口から出てきたのは、その威圧感に似合わぬ穏《おだ》やかなお題。

「分かりました。五日間ですね」

「……五日後、時間を作っておく。その時に成果を見せろ。期待した成果が出なかった場合、お前はクビだ。二度と海羽《みう》には近づくな。くだらんお友達ごっこもやめてもらう」

以上だ、という言葉で最後を締めくくり、告げるべきことだけを告げたと言わんばかりに嵐山《らんざん》様は俺達《おれたち》に背を向けて去っていった。

「……相も変わらず、一分一秒を惜しんだ次期当主らしい行動ですこと」

言葉を交《か》わす隙も見せずに去っていく嵐山《らんざん》様の背中。

それを眺めることしかできなかった海羽《みう》さんは、皮肉っぽい一言を零《こぼ》すだけだった。

「……申し訳ありません。影人《えいと》様。わたくしの兄が不躾《ぶしつけ》なことを」

「気にしてませんし、むしろ次期当主の在り方として感心していたところです。……というより、謝《あやま》るのは俺の方です。海羽《みう》さんを巻き込むような形となってしまいました」

「それはこちらのセリフですわ。……まったく。わたくしを泳げるようにしろ、などと。あの人はわたくしが昔から泳ぎが大の苦手だということをよぉぉぉ〜〜〜〜〜〜くご存じですから。勝てる賭《か》けだと思ったのでしょう」

「それにカワイイ妹のことを心配しているんですよ」

「カワイイ妹、ですか。それは勘違いですわ。お兄様の頭の中にあるのは常に家のこと。四元院《しげんいん》家のことだけ。わたくしのことなど、不出来な妹としか認識《にんしき》しておりませんもの」

「そんなことは」

「あるんです。あの人は、わたくしのことなど……」

俺の言葉に被《かぶ》せてくるように反論してくる海羽《みう》さん。

普段《ふだん》は深窓の令嬢《れいじょう》といった感じの人だけど、今は拗《す》ねた幼い子供のようだ。

「……思い返せば思い返すほど、考えれば考えるほど、やはり腹が立ってきますわ。何よりやり口が陰湿《いんしつ》です。たった五日で泳げるようになれなど……」

「では、諦《あきら》めますか?」

「…………嫌《いや》です」

嵐山《らんざん》様に対する愚痴《ぐち》をこぼしていた海羽《みう》さんだったが、諦めるという選択肢に対しては、きっぱりと拒否《きょひ》を示した。

「どうせ逃げたところで、お兄様を増長させるだけ。ならば五日で泳げるようになって、あのいけすかない能面に吠《ほ》え面《づら》をかかせてやりますわ！」

瞳《ひとみ》に闘志《とうし》の炎《ほのお》を燃え上がらせ、海羽《みう》さんは力強く宣言する。

海羽《みう》さんは一つ一つの実績や所作から、とても多くの努力を重ねている人であることがうかがえる。こうした淑女《しゅくじょ》らしい見た目の内に隠《かく》された強気や負けず嫌《ぎら》いなところが、海《み》羽《う》さんの努力の源になっているのだろう。

「……っ。し、失礼いたしましたわ。つい、はしたない言葉を……」

「確かに今のはあまりご令嬢らしいとは言えない言葉《ことば》遣《づか》いでしたが……でも、俺はそういう海羽《みう》さんも素敵《すてき》だと思います」

努力を積み重ねられる人、目の前の壁《かべ》に対して立ち向かえる人。

そういう人は、俺の目にはとても魅力的《みりょくてき》に見える。

「そ、そうですか？」

「はい。とても素敵ですよ。海羽《みう》さん」

「――――っ……あ、ありがとうございます」

褒められ慣れていないのだろうか。海羽《みう》さんは照れたように頬《ほお》を微《かす》かに染めながらも、可愛《かわい》らしくはにかむ。

「……さて。とはいえ、時間は今日を含めて五日。早急《さっきゅう》に練習にとりかかりましょう」

「ええ。お兄様ではありませんが、一分一秒が惜しい時です。……ただ、わたくしはこれまでも何度か、苦手な泳ぎを克服《こくふく》しようとしたことがあるのですが……思うように結果は出なくて……」

「うーん……とりあえず見てみないことには何とも言えませんが、何かしらの方法は考える必要はあるでしょうね」

天堂《てんどう》家の使用人で『泳げない』ということが許されるわけがない。遠泳十キロは最低条件で、俺も昔は猛特訓《もうとっくん》に励《はげ》んだものだ。懐《なつ》かしい……真冬の日本海に叩き落とされたこともあったっけ。だが天堂《てんどう》家の使用人にむけたメニューを海羽《みう》さんにやってもらうわけにもいかない。

「……考えてもはじまりません。とりあえず、まずはわたくしの部屋に行きましょう」

「え。本当に行くんですか……？」

「当然です。気兼《きが》ねなく使えるプールが必要でしょう？　何より時間が惜しい今では、集中できる環境《かんきょう》も必要でしょうし」

「……それもそうですね」

「ふふふ。五日間、影人《えいと》様を独《ひと》り占《じ》め……手取り足取り、教えてくださいね？」

と、海羽《みう》さんが俺の腕に自分の腕を絡ませ、そのまま押さえてあるという部屋に向かって歩き出したその時だった。

「―――話は聞かせてもらったわ」

「…………わたしたちも協力する」

聞き覚えのある声に、柱の陰《かげ》から現れた二つのシルエット。

「お嬢《じょう》!?　乙葉《おとは》さん!?」

まるでこの真夏の中、全力ダッシュで駆《か》け込《こ》んできたかのように汗《あせ》だく状態のお嬢と乙《おと》葉《は》さんの二人が俺達の前に現れた。

第五章　一時休戦

海羽《みう》さんが押さえていたという、プールというオプションのある一室。

その部屋には海羽《みう》さんが一人で使うには大きなダブルベッドが鎮座《ちんざ》しており、更《さら》にそのダブルベッドの上にはお嬢が堂々と腰《こし》を下ろしていた。その様子は凛々《りり》しさと美しさを兼《か》ね備えた光景には見えたが、俺には猫《ねこ》が他所の猫に対して毛並みを逆立てながら、ふしゃーと威嚇《いかく》をしているようにも見えるのだから不思議だ。

「やってくれたじゃないのこの泥棒《どろぼう》猫が」

「泥棒？　ふふふ。泥棒も何も、わたくしはただ友人と海にきただけですが」

「……友人というわりになぜ影人《えいと》のスマホを没収《ぼっしゅう》してるの？」

「没収ではありません。情報漏洩《ろうえい》の観点から、業務中はこちらで預からせていただいているだけです」

「アンタ二秒前の発言を思い出しなさいよ。友人と海にきたって言ってたでしょうが。なに都合の良い時だけ業務《アルバイト》を持ち出してんの」

「アルバイトをしにきた友人と、隙間《すきま》の時間に海で遊ぶことは何らおかしくはないでしょう？」

「……友達と海で遊ぶためにとる部屋じゃない」

「わたくしなりの愛情を込めておりますので」

「あぁぁぁぁ～～～いいいいいい～～～じょぉぉぉぉ～～～うぅぅぅぅ～～～？　そんなもんあなたが家で飼ってる犬にでも込めてなさいよ！」

「言われずとも込めておりますし、影人《えいと》さんに込めている愛情はまた別物です」

「…………こんなにもハッキリと……只者《ただもの》じゃない……！」

仲が良いなぁ。海羽《みう》さんと乙葉《おとは》さんもあっという間に打ち解けている。

この盛り上がりよう、何か共通点でもあるんだろうな。

「ところで……お嬢、乙葉《おとは》さん。お二人はどうしてここに？」

「「偶然ここを通りかかった」」

「地図にない島にあるセレブ御用達《ごようたし》の高級リゾート地に偶然通りかかることがあるんですか？」

「「ある」」

力強く断言されてしまった。なら、あるか。

「ですが、この偶然に感謝すべきなのかもしれませんよ。お嬢と乙葉《おとは》さんが泳ぎの克服を手伝ってくれるそうですし」

海羽《みう》さんにとっても俺《おれ》と二人きりより同性の手を借りた方が気が休まるだろう。

「わたくしは影人《えいと》様と二人だけの方が……」

「五日しか時間がないことを考えると、お嬢と乙葉《おとは》さんの二人の助けは心強いですよ」

「…………ええ。まあ。はい。そうですわね」

それは海羽《みう》さんも分かっているのだろう。

何よりあまり上手《うま》くいっていない兄……嵐山《らんざん》様に対する複雑な感情も持ち合わせているが故か、ぎこちないながらも頷く海羽《みう》さん。

「フッ……」

「……勝った」

なぜ、お嬢と乙葉《おとは》さんの二人は勝ち誇《ほこ》っているのだろう……。

「ま、そういうわけだから、着替《きが》えを済ませてそこのプールに集合ということで。時間も惜《お》しいんでしょう?」

「……こんなこともあろうかと、水着も用意してきた」

「随分《ずいぶん》と手際《てぎわ》がよろしいこと」

「天才と呼び讃《たた》えなさい」

「流石《さすが》は天災」

「誰《だれ》が災《わざわ》いよ」

「自覚があったようで何よりですわ」

「……天災。いいと思う。星音《ほしね》の普段の振る舞いからは当然」

「私が少し目を離《はな》すと、明後日を通り越して二万年先みたいな方向に飛んでいく常軌《じょうき》を逸《いっ》した方向音痴《おんち》がなんですって？」

「……やれやれ。わたしの方向に対する独特なセンスは、星音《ほしね》にはまだ早かったね」

「は？　誰が？　何が早いですって？　私の天っっっ才的な頭脳とセンスは未来永劫《みらいえいごう》、森《しん》羅万象《らばんしょう》三千大千世界で崇《あが》められ讃えられ語《かた》り継《つ》がれるに決まってるんですけど？」

「その御大層《ごたいそう》な頭脳とセンスを無駄遣《むだづか》いしておいてよくもまぁ吼えたものですわね」

「ラッキースケベ誘発《ゆうはつ》装置の開発に使うことのどこが無駄《むだ》なのよ言ってみなさいよ」

「「そういうとこ（ですわ）」」

申し訳ないがお嬢《じょう》の天才的な頭脳が無駄使いされているという点については同意せざるを得ない。

（……お嬢。本当に変わったな）

乙葉《おとは》さんという友人ができて、海羽《みう》さんとの交流も深めるようになって、最近のお嬢はとてもいきいきとしているように見える。お嬢の成長に、きっと旦那様《だんなさま》も奥様《おくさま》も喜ばれることだろう。

……変わったのはお嬢だけではない。海羽《みう》さんも。そしてきっと、乙葉《おとは》さんもだ。

三人はそれぞれ普通《ふつう》からは遠い場所にいる者同士。きっとこうやって気兼ねなくぶつか

り合って語り合える友人の存在は貴重なのだろう。もしかすると初めてかもしれない。

それを思うと、お嬢と乙葉《おとは》さんが来てくれたのは本当に大きいな。

海羽《みう》さんにとっては心強い味方のはずだし、こうやってお嬢達とじゃれることで嵐山《らんざん》様

との一件で傷ついた心も癒《いや》されていることだろう。これなら良い滑《すべ》り出しが期待できるは

ずだ。

「では、そろそろ着替えをして、練習を始めましょうか」

このままお嬢達の親交が深まるのを見守っていたいという気持ちはあるものの、残念な

がら時間は有限だ。先ほどまで海にいた俺と海羽《みう》さんは着替えというほどのものはなく、

そのまま上に羽織っていたものを脱《ぬ》ぐだけだ。

「お嬢と乙葉《おとは》さんが着替えをしている間に始めてしまいましょうか」

「よろしくお願いしますわ」

怪我《けが》をしないように入念に準備運動も済ませたところで、練習スタートだ。

「海羽《みう》さんは泳ぎが苦手とのことでしたが、水に対する抵抗感《ていこう》の方は？」

「そうですわね。水に触《ふ》れたり、足がつく場所なら水に入ったりすることにも抵抗感はありません。足のつかない場所に対する恐怖心《きょうふしん》はありますが……まあ、浮き輪《うわ》をつかっていれば大丈夫《だいじょうぶ》だと思います」

「では水に対する恐怖心は人並み程度で、泳ぎに影響《えいきょう》を及ぼすほどでもないと」

そうなってくると、泳げないのは技術的な面が影響しているのだろうか。いや、そう決めつけるのはまだ早い。

「では、とりあえず水の中に入って泳いでみましょう。ここは足がつきますし、傍《そば》で俺も見てますから」

「わかりましたわ」

特に抵抗感を示すわけでもなく海羽《みう》さんは頷《うなず》く。

とりあえずどこまでできるのか、何ができないのかを見るためにも一度泳いでもらうことは必要だとは思っていたが、同時に抵抗感や不安感を示すのではないかという危惧《きぐ》もしていたのだけど。

「では……参ります！」

海羽《みう》さんは呼吸を整えると、決意を漲《みなぎ》らせた瞳をカッと見開き、空気を肺いっぱいに取り込んでから——勢いよく水の中に飛び込んだ！

ざぶん、と水が激しく揺《ゆ》れ、海羽《みう》さんの美しい肢体《したい》はプールの奥底《おくそこ》へと突《つ》き刺《さ》さるように潜行《せんこう》していく！　そう、プールの奥底へと突き刺さるように——

「がぼごぼぼぼぼぼぼぼぼ」

「海羽《みう》さん⁉」

陸で地に足を着けて佇めば、それはもう麗《うるわ》しい水の妖精を彷彿《ほうふつ》とさせるご令嬢の海羽《みう》さんだが、なんということだ。

足のつくプールの中に飛びこんだかと思うと……これ、あれだ。お嬢と一緒に見た昔の映画に出てくる、湖から足が突き出した死体だ。その上、空に向かってバタバタと足が蠢《うごめ》いている。あれはバタ足だろうか。なんて無意味なんだろう。

驚きながらも水中で逆立ち状態になっている海羽《みう》さんを手早く救出する。

「ふぅ……いかがでしたか？」

「犬●家でした……」

そうとしか表現のしようがない。

「ふふふ……実はわたくし、泳ぎは得意ではありませんが、フォームだけは自信がありますのよ。歴史的な名画にも匹敵《ひってき》する美しさだと自負しております」

「歴史的な映画であることは間違いありませんね」

厳密には元は小説なのだけれども……いや、それは今はいい。そういう問題じゃない。

「……正直に仰ってもいいのですよ？」

「海羽《みう》さん……」

「麗しき白鳥のようだった、と」

「その場合、バタ足しか見えない白鳥になりますが……」

優雅《ゆうが》な白鳥は水の中でバタ足をしているというけれど、海羽《みう》さんの場合は足の部分しか見えていない。

（これは……時間がかかりそうだなぁ……）

☆

海羽《みう》さんは俺の想像を絶するほどのカナヅチだった。

嵐山《らんざん》様とのことがなくても、海羽《みう》さん自身の安全のために泳げるようになっておくことは必要だろう。

(海羽《みう》さん自身のためか……)

思わず表情が綻《ほころ》びそうになる。いけない。夏休みだからって俺も気が緩《ゆる》み過ぎだ。

「……影人《えいと》様？　どうかされましたの？」

「あ。すみません。少し考え事をしてました」

兎《と》にも角《かく》にも、今は海羽《みう》さんを泳げるようにすることに集中しよう。

何にせよ海羽《みう》さんのカナヅチの克服が最優先だ。

「フッ……どうやら苦戦してるようね。影人《えいと》」

「……わたしたちの出番」

と、不敵な笑《え》みと共にお嬢と乙葉《おとは》さんの二人が合流してきた。

お嬢は赤いビキニを身に着けていた。腰にはパレオを巻いており、全身の赤い装《よそお》いはお嬢の天真爛漫《てんしんらんまん》で勝気な性格を体現しているかのようだ。夏すらも支配下に置く太陽の女神と讃え賞しても足りないぐらいの、眩《まばゆ》い美しさを放っている。

乙葉《おとは》さんは、胸元《むなもと》に可愛らしいフリルがあるタイプの真っ白な水着。無垢《むく》な清純さを彷彿とさせる色合いは乙葉《おとは》さんの白い肌《はだ》と相まって、夏の涼《すず》し気《げ》な風に全身を包み込まれたような錯覚すら覚える。お嬢が太陽だとすれば、乙葉《おとは》さんは月の天使のような神秘的な美しさと称《しょう》しても過言ではない。

お嬢と乙葉《おとは》さんが合流すると、あらためて海羽《みう》さんの美しさに感嘆《かんたん》する。

この二人と肩《かた》を並べても一切見劣《いっさいみおと》りしない。比較《ひかく》することや優劣《ゆうれつ》をつけることが、とても罪深い行為《こうい》に思えてくる。

淡《あわ》い水色の水着に、それが包み込んでいる抜群《ばつぐん》のプロポーション。海羽《みう》さんの御淑《おしと》やかさや悪戯《いたずら》っぽい、内面的な魅力《みりょく》も引き立てるような装い。女神、天使ときて、たとえるなら海の妖精だろうか。

「影人《えいと》。どうかしら？　新しい水着にしてみたんだけど」

「とても美しいです。お嬢も、乙葉《おとは》さんも、海羽《みう》さんも」

「……どれぐらい？」

どれぐらい？　言葉にするとそれだけで詩集が完成してしまう。

それに乙葉《おとは》さんが求めているのはきっと『基準』ではなく『感想』だ。

できるだけ端的《たんてき》に、簡素になり過ぎず、俺自身の感想も混ぜて言葉にすると……。

「精神攻撃《こうげき》への耐性訓練を受けていなければ、あっという間に恋《こい》に落ちていました！」

「天堂星音《てんどうほしね》――――！　あなたいったいどんな訓練を受けさせてますの⁉」

「私がききたいぐらいよぉ――――――――‼」

凄《すご》い。今のお嬢と海羽《みう》さんの叫《さけ》び、魂《たましい》が込められていた迫真《はくしん》の叫びという感じがする。

「お、お嬢？　どうしたんですか？」

「どうしたもこうしたもないわよ！　憤然《ふんぜん》なんて当然よ！　何よそもそもその訓練⁉　誰よ諸悪の根源は⁉」

「落ち着いてください。取り乱し過ぎて韻《いん》をお踏《ふ》みになられてます」

「落ち着く……落ち着く……そうね……よくよく考えてみれば諸悪の根源なんてあのクソボケお父様しかいないのだから……」

旦那様。知らないところであなたの娘《むすめ》があなたのことをクソボケ呼ばわりしています。

こんな時、俺はどうやってフォローすればいいでしょうか。

「待ちなさい天堂星音《てんどうほしね》。あなたは天堂《てんどう》家の次期当主として、この落とし前はどうつけるつもりですの？」

「……これは罪深い。許されることではない」

「返す言葉もないわ。今度お父様を拷問《ごうもん》して事情を吐《は》かせるから、それで手打ちにしてちょうだい」

「……内容は？」

「夏だし水中逆さ吊《づ》りでどうかしら」

「……風情があっていいと思う」

「やや手ぬるい気もしますが……この辺りが落としどころですわね」

本人不在の中、旦那様の拷問が満場一致《まんじょういっち》で決定した。

「そ、それはともかくとして、海羽《みう》さんの練習に戻《もど》りましょう！」

……………申し訳ありません旦那様。俺が何かやらかしてしまったようです。

今の俺にできるのは、皆《みな》さんの注意と興味と話題を旦那様の拷問から逸《そ》らすことが精いっぱい……。

「そうね。とりあえず今は四元院海羽《しげんいんみう》のカナヅチを克服するのが先決ね……電気椅子《いす》」

「……今までできなかったものを五日間でできるようにするのはとても大変……火炙《ひあぶ》り」

「時間がいくらあっても足りません。集中して密度の高い練習を行い、五日後にお兄様に吠え面をかかせなくては……重り付きパラシュート無しスカイダイビング」

ダメだ。三人の心が未来の拷問に引きずられてる。しかも火水風土の四大属性に加えて雷《かみなり》まで加えてる。隙が無い。もはや拷問どころかただの処刑《しょけい》になってないだろうか。

こうなったら旦那様の強度にかけるしかない。あの方のことだからたいていの拷問は大丈夫だろうけど、お嬢のことを溺愛《できあい》していらっしゃるからなぁ……精神の方がもつかな。

「えーっと……とりあえず、海羽《みう》さん。もう一度、泳いでみてくれませんか？　お嬢と乙葉《おとは》さんにも現状を知ってもらった方がいいと思うので」

「わかりましたわ。フッ……そこで見ていなさい、天堂星音《てんどうほしね》。羽搏乙葉《はばたきおとは》。わたくしの華麗《かれい》なる白鳥が如きフォームを！」

海羽《みう》さんはとても自信に満ちた表情と共に、水の中に突っ込んだ。

「がぼごぼぼぼぼぼぼぼぼぼぼ」

そして、やはり犬●家のような体勢になって沈《しず》んでいった。

「…………………………犬●家？」

お嬢が俺と全く同じ感想を口にした。

「……影人《えいと》。さっき、海羽《みう》はどんなフォームって言ってたっけ……？」

「白鳥です」

「……悪霊《あくりょう》じゃなくて？」

「違《ちが》います」

乙葉《おとは》さんが勘違《かんちが》いするのもわかるけど違うんです。白鳥なんです。

「ぷはっ！　ふぅ……ふぅ……先ほどよりコツは掴《つか》めましたわ。あと一息、というところですわね」

「は？？？？？　あと何千兆回『一息』を繰《く》り返すつもり？　アンタが泳げるようになる頃《ころ》には先に宇宙の寿命《じゅみょう》が尽《つ》きてるわよ」

「……まず自分が白鳥ではなく悪霊であることを自覚するところから始めるべき」

散々な言いようだが、今の海羽《みう》さんには忌憚《きたん》のない意見が必要なのかもしれない。

だってそれぐらいヤバいから。

「はぁ……正直、アナタが泳げようと泳げなかろうと構わないと思っていたのだけれども、これを野に放つのは世間様に申し訳が立たないわ。私の穢《けが》れなき良心を護《まも》るためにも本気で特訓してあげる」

「…………わたしも社会貢献《こうけん》と思って真剣《しんけん》に協力する。せめて生霊《せいれい》になろうね」

「っふぅぅぅぅ……お二人とも、わたくしの心が海のように広いことに感謝なさい？」

…………よし！　なんとか三人の心がまとまったな！

三人の間に漂《ただよ》う忙《せわ》しない威圧感の嵐《あらし》を見なかったことにして、とりあえず海羽《みう》さんの特訓を進めることにした。

だが闇雲《やみくも》に練習しても意味は無いし、時間も限られている。

何より船頭多くして船山に登るではないが、俺とお嬢と乙葉《おとは》さんの三人も教え役がいると、かえって海羽《みう》さんも混乱してしまう。

そこで、俺たち三人の各々《おのおの》が最良と信じる練習方法を軽く試《ため》してみることにした。

いったん三通りの練習方法を試してみて、その中で一番しっくりくる練習方法で残りの時間を使うという算段だ。

「まずは私の番ね」

ここで一番に名乗り出たのはお嬢である。

「そもそも今の時代、がむしゃらに身体を動かして特訓なんて古すぎるのよ。人体の構造と機能を把握《はあく》し、水の抵抗と仕組みを理解し、理論を組み立て、科学的アプローチも視野に入れて特訓すれば、どんなカナヅチでも五日どころか五分で泳げるようになるわ」

流石はお嬢だ。いきなりなんかそれっぽい。

きっと俺のような凡人《ぼんじん》には理解の及《およ》ばぬ叡智《えいち》を授《さず》けてくれるに違いない。

「それは一理ありますけど、具体的にはどのようにするつもりですの？」

「慌《あわ》てないで。まずはお手本を見せてあげる。影人《えいと》、協力してくれるかしら？」

「勿論《もちろん》です」

「ありがとう。それじゃあ、まずは私もプールに入って……」

お嬢はプールの中に入ってくると、そのまま俺の目の前まで近づいてきた。

「で、影人《えいと》。私を抱《だ》っこしてくれる？」

「分かりました」

宝石よりも眩く、硝子《ガラス》細工よりも繊細で、触れれば消えてしまう奇跡《きせき》を扱《あつか》うように、慎《しん》重《ちょう》かつ丁寧《ていねい》にお嬢の柔肌《やわはだ》に触れ、抱きかかえる。お嬢はそんな俺に細腕《ほそうで》をまわして身体をしっかりと密着させる。

（…………っ）

水着という布面積が少ないことを特徴《とくちょう》の一つとしている装いであるが故に、普段は触れあうことのない箇所《かしょ》に肌が触れる。布がある場所も、薄布《うすぬの》越しだといつもより存在感が強い。何より……信頼《しんらい》感故《ゆえ》のものだろうか。お嬢の……発育の良い柔《やわ》らかな胸が、胸板《むないた》に押《お》し付けられながら形を変えている。

一時的にとはいえ天堂《てんどう》家を出て、普通の生活を送ろうと心がけているからだろうか。心拍数《しんぱくすう》が上昇《じょうしょう》するが、お嬢に気づかれる前に速《すみ》やかに抑《おさ》え込む。

「……お嬢。ここから俺は何をすれば？」

「そうね……このままプールの中を一周してくれるかしら？」

言われたまま、俺はお嬢を抱きかかえながらプールの中を一周する。

時折、お嬢の吐息《といき》が首筋や頬を撫《な》で、くすぐったい。……本当に危ない。訓練を受けていなければ色々と危なかった。だが精神の修業《しゅぎょう》には良いかもしれない。

……と、そんなことを考えている内に一周し終わった。

「お嬢。次は何をすれば？」

「私を降ろしてちょうだい」

「はい」

慎重に腕《うで》から降ろすと、お嬢はプールからあがり、奥《おく》の方へと消える。

かと思ったら、機械のようなものを詰《つ》めた箱を両腕《りょううで》で抱《かか》えて運んできた。

「さて。この箱には私が開発した、泳ぎを含めた水中での活動を補助するメカが入ってるわ。これを使ってまずは効率的なフォームを身体に覚えさせて――――」

「……星音《ほしね》。待って」

「水に入る前に、このヘアピンをつけて。スイッチを入れれば、頭を覆《おお》う空気のヘルメットが形成されるわ。エネルギーが保《も》つ間は自動的に空気を供給し続けるから、万が一溺《おぼ》れるようなことがあっても呼吸は確保されて……」

「待ちなさい天堂星音《てんどうほしね》。サラッと超技術《ちょうぎじゅつ》すぎる機械を出していますが待ちなさい」

「はぁ……何かしら。まだ説明の途中《とちゅう》なのだけれど」

「『プール抱っこを挟んだ意味は⁉』」

俺も気になっていたことを、海羽《みう》さんと乙葉《おとは》さんの二人が物凄《ものすご》い勢いで追及《ついきゅう》した。

果たして、さっきの行為に一体何の意味があったのだろうか。謎《なぞ》だ。

「そのことね。……もしかして気づかなかったの？」

「…………っ？　いえ……わたくしは何も」

「……………………わたしも」

二人の勢いに比べて至極《しごく》冷静な状態に、逆に勢いを削《そ》がれた海羽《みう》さんと乙葉《おとは》さんは首を横に振《ふ》る。そんな二人に、お嬢は出来の悪い生徒に困った教師のように「やれやれ」とでも言わんばかりに肩をすくめる。

「私が幸せになったわ」

「ぶちころしますわよ」

海羽《みう》さんがキレた。

「……………………」

対して、乙葉《おとは》さんは何やら考え込《かんが》んでいる。何を考えているのか。表情からは読み取れない。

「ま、まあまあ。まあまあまあ。落ち着いてください海羽《みう》さん。とりあえず、お嬢の作ったメカを試してみましょう」

「ぐぬぬぬぬぬ……」

五日という限られた期間と、兄である嵐山《らんざん》様に対して目にもの見せてやりたいという気持ちが勝ったのか、言われるがままお嬢のヘアピンをつける海羽《みう》さん。

「つけましたわよ」

「そのヘアピンにはさっき説明した空気を供給してくれる機能だけじゃなくて、私が開発した補助AIが搭載《とうさい》されてるの。脳に電気信号を送って理想的な泳ぎのフォームを身体に命令してくれるわ」

「凄いですね。あんな小さなヘアピンにそこまでの機能があるなんて」

「大したことないわ。ラッキースケベ誘発装置開発の副産物の詰め合わせだし」

…………………今のは聞かなかったことにしよう。

「では……いきますっ！」

海羽《みう》さんは水中へと飛び込み――――そして、犬●家になることなく、理想的なフォームのクロールで泳ぎ始めた！

「すごい！　海羽《みう》さん、泳げてますよ！」

「ふふふ……当然よ。私の作った発明品《メカ》だもの」

お嬢が得意げになるのも分かる。海羽《みう》さんは水泳選手顔負けのクロールで泳ぎ続け、そのままプールの端《はし》に到達《とうたつ》した。かと思えば、そのまま鮮《あざ》やかなクイックターンを決めて戻ってきた。さっきまでは一メートルも進んでいなかったのに。AIの補助があるとはいえ物凄い進歩だ。

「海羽《みう》さん、一度休憩《きゆうけい》してもいいんですよ」

「…………………………………」

「……海羽《みう》さん？」

「…………あのっ………これ………いつ………止まりますの……？」

海羽《みう》さんは止まることなくひたすら泳ぎ続けていた。

「お嬢、いつ止まるんですか？」

「スイッチを切ればいいのよ」

「ですが泳ぎの動作を強制的に実行させている状態なんですよね？」

「そうね。それがどうかした？」

「泳ぎの動作を強制的に実行させているなら、スイッチを切る動作が出来ないのでは？」

「………………あっ」

どうやらそこに思い至らなかったらしい。

結局、泳ぎ続ける海羽《みう》さんをお嬢と二人で救出することになった。

☆

「ぜは――――……ぜは――――……て、天堂星音《てんどうほしね》………」

「……ホントごめん。いや本当に。完璧《かんぺき》だったのよ、理論は」

「理論の前に倫理《りんり》を学ぶべきでは？」

「…………………………」

流石のお嬢も返す言葉が無いようだ。

「……はぁ。……やれやれ。見ていられない」

相も変わらずクールな顔そのままに肩をすくめながら進み出てきたのは、乙葉《おとは》さんだ。

「……星音《ほしね》は下がってて。わたしが指導のお手本というものを見せてあげる」

「羽搏乙葉《はばたきおとは》さん……あなたが歌姫《うたひめ》であることは存じておりますが、泳ぎは得意ですの？」

「……勿論。これでも人魚姫《にんぎょひめ》を自称《じしょう》している」

サラッと言ってたけど自称なのか。

「人魚姫って最後は泡《あわ》になって消えるけどね」

「王子の愛も得られませんわね」

「……やれやれ。負け犬共の嫉妬《しっと》は見苦しい」

「言われてるわよ四元院海羽《しげんいんみう》」

「言われてますわよ天堂星音《てんどうほしね》」

「「は？」」

なぜか火花を散らすお嬢と海羽《みう》さん。ダメだ。このままだと一生じゃれあっている気がする。ここは話を進めた方がよさそうだ。

「えーっと……乙葉《おとは》さん、練習方法に何か心当たりが？」

俺の問いかけに、乙葉《おとは》さんは静かに頷いた。

「……見たところ海羽《みう》は、泳ぐためのフォームをきちんと頭の中でイメージできていない。だからまずは、フォームの確認《かくにん》とイメージトレーニングから始めるのがいいと思う。いきなり泳いでも悪霊まっしぐら」

「なるほど……悪霊とは聞き捨てなりませんが、イメージトレーニングというのは悪くありませんわね。ですが具体的にはどのようにいたしますの？」

「……イメージトレーニングに大切なのは集中力。頭の中で理想的なフォームを何度も反復して、覚《おぼ》え込むこと。そのために……これを使う」

「…………わたくしにはただのアイマスクにしか見えませんが」

乙葉《おとは》さんが取り出したのは、なんの変哲《へんてつ》もないただのアイマスクだ。

遮光性《しゃこうせい》に優《すぐ》れていると評判のメーカーのものだが、言ってしまえばそれだけだ。先ほどのお嬢の規格外にもほどがある超技術《ヘアピン》のような仕掛《しか》けや機能もない。ネットで注文すればすぐに買えそうなもの。

「……これはただの目隠《めかく》し。視界を封《ふう》じて、イメージに集中するためのもの……はい。星《ほし》音《ね》の分もある」

「私もするの？」

「……せっかくだし」

「…………まあ、別に構わないけどね。歌姫様のトレーニング法にも興味あるし」

乙葉《おとは》さんから受け取った黒いアイマスクをつける海羽《みう》さんとお嬢。

これで二人の視界は完全に封じられた。

「……泳ぎのフォームをひたすら頭の中で繰り返して。理想的な動作を身体に覚えさせることを意識しながら」

「………………イメージトレーニングだけで本当に泳げるようになりますの？」

「……イメージは大事。失敗のイメージはパフォーマンスにも影響が出るし、拭《ぬぐ》い去ることも難しい。逆に成功のイメージが染《し》み付いていれば、それはプラスに働く」

歌姫『羽搏乙葉《はばたきおとは》』というトップアーティストとしてのアドバイスは、不思議とこの場にいる全員を納得《なっとく》させる力があった。お嬢と海羽《みう》さんは乙葉《おとは》さんの言葉を受けて、黙々《もくもく》とイメージトレーニングに集中する。

「乙葉《おとは》さん。せっかくだし俺もやってみていいですか？」

お嬢と海羽《みう》さんの集中を切らさないように小声で話しかけると、乙葉《おとは》さんはこくりと頷いた。

「……いいよ。でも、目隠し用のアイマスクはもう品切れ」

「大丈夫ですよ。俺は眼を閉じ『……るだけじゃ十分じゃないから、わたしが目隠ししてあげるね』えっ……あ、はい」

言い切らないうちにゴリ押しされた。断ることを許されない圧力だった。

「……海羽《みう》や星音《ほしね》の邪魔《じゃま》になったらいけない。離れたとこでやろ」

「分かりました」

とりあえず乙葉《おとは》さんに指定された場所で座《すわ》って待っていると、彼女《かのじょ》は俺の背後に回り込んできた。

「……はい。どうぞ」

すると、乙葉《おとは》さんの白くて細い、妖精《ようせい》のような手が俺の目元を優《やさ》しく包み込んだ。アイマスク代わりの、手での目隠し。このまま「だーれだ」なんて言われてもおかしくないような体勢だ。

「ありがとうございます」

「……どういたしまして」

「ところで、乙葉《おとは》さん……」

「……なーに？」

「…………近すぎませんか？」

乙葉《おとは》さんは俺の背後から目隠ししてくれている。それはまだいいが、問題はその距離《きょり》だ。俺と乙葉《おとは》さんの間の空間を端的に数字で表すと、『ゼロ』である。即《すなわ》ち、彼女の新雪のような無垢な肌が、俺の背中にぴったりと接触《せっしょく》している状態にある。何より水着という薄布越しから感じる女性特有の柔らかな感触《かんしょく》。加えて今は視界が塞《ふさ》がっている分、背中の感触にも敏感《びんかん》だ。落ち着かない。鍛錬《たんれん》を積んでいなければ危なかった。

「……そんなことない。影人《えいと》の集中力が足りていないだけ」

「俺の集中力？」

「……集中していればこんなこと気にしない」

一理ある。イメージの世界に集中していれば、現実の感覚を遮断《しゃだん》することもできる。

俺がまだまだ未熟だった頃――天堂《てんどう》家を狙《ねら》う手練《てだ》れと戦ったことがあったな。あいつは手強《てごわ》かった。一時的に痛覚を遮断することで勝利を収めたあの戦いの時のように、この背中から感じる柔肌とふくらみの感覚を意図的に遮断するんだ。

「……集中できた？」

「はい。初心に返りました」

「…………？」

お嬢《じょう》をお守りするために今も鍛錬は欠かしていない。

合間を見てやってはいたが、すっかり初心を忘れてしまっていたようだ。乙葉《おとは》さんには感謝だな。

「……………………」

水中での理想的な動きをイメージする。元からイメージトレーニングは積んでいる。

だが今は乙葉《おとは》さんのおかげで、かつてない集中状態になることができている。そのため、かなり質の良いトレーニングができているという実感があった。

「……影人《えいと》は普段《ふだん》からイメトレをしてるんだね」

「分かりますか？」

「……うん。集中してるのが伝わってくるから」

「乙葉《おとは》さんのおかげですよ」

極限まで高まった集中力が生み出したイメージは、もはや現実と遜色《そんしょく》がないほどの感覚を俺に与《あた》えている。

今、現実の俺は間違《まちが》いなくプールサイドにいる。

だがイメージの中の俺は、水の中に居る。

今、現実の俺は間違いなく呼吸ができている。

だがイメージの中の俺は、水中に居るため呼吸ができない。

あるはずのない水の感触を、冷たさを、揺らぎを、感じていると錯覚《さっかく》するほどに、集中している。

「……じゃあ、影人《えいと》には応用編」

「応用編、ですか」

「……わたしはこれから影人《えいと》に話し続ける。集中力を途切《とぎ》れさせずに、わたしの言葉に合わせてイメージを変化させて」

「なるほど。面白《おもしろ》そうですね」

一人でイメージトレーニングを積むことは慣れているが、この形式はやったことがない。試してみよう。

「……いくよ」

「いつでもどうぞ」

「……海の中」

今まではプールの中だったが、乙葉《おとは》さんの言葉に沿ってイメージを切り替《か》える。

「……影人《えいと》は海の中から、白い砂浜《すなはま》まで上がってくる」

イメージの中の俺《おれ》は海の中から浮上《ふじょう》し、乙葉《おとは》さんの言葉通り海を出て、白い砂浜に足を踏み入れた。

「……砂浜にはわたしがいる。水着姿の羽搏乙葉《はばたきおとは》」

水着姿の乙葉《おとは》さんを思い浮かべる。先ほど見たばかりだから思い浮かべるのは容易だ。それどころか肌を接触させている分、そのリアリティはかなり高まっている。

……そうか。乙葉《おとは》さんはこのために敢《あ》えてこの体勢を……それに、こうやって視界を塞がれているからだろうか。耳元で囁《ささや》くような乙葉《おとは》さんの声、ごく僅《わず》かなテンポの揺らぎが、強固なイメージとなって俺の脳に流《なが》れ込《こ》んでくる。流石は世界最高峰《さいこうほう》のアーティストだ。声や囁き方一つでここまでのイメージを与えて来るなんて……何かの記事で言われてたっけ。歌姫『羽搏乙葉《はばたきおとは》』の歌声は、聴《き》く者に歌の世界を魅《み》せると。その意味が理解できた気がする。

「……影人《えいと》とわたしは砂浜を歩いてデートを楽しんでる」

……………………………散歩のことかな？

うん。散歩だ。きっとそうに違いない。

「……影人《えいと》。集中」

「…………………はい」

余計なことは考えるな。集中だ。集中するんだ、俺。

乙葉《おとは》さんの言葉という流れに逆らわず、イメージを固めるんだ。

「……周りにはわたしたち以外に人はいない」

周りには俺と乙葉《おとは》さん以外に人はいない。

「……近くには隠《かく》れられそうな岩場がある」

近くには隠れられそうな岩場がある。

「……影人《えいと》はわたしをその岩場の陰《かげ》に連れ込む」

俺は乙葉《おとは》さんをその岩場の陰に連れ込む。

「……そして情欲の獣《けもの》になった影人《えいと》はわたしの薄布を解き、目の前の肢体を貪《むさぼ》り尽くして
……」

そして情欲の獣になった俺は乙葉《おとは》さんのぉぉおおおおおおおおおお!?

「乙葉《おとは》さん!?」

「……ここからがいいところだから」

「全然よくないんですけど!?」

「…………………影人《えいと》はわたしの白い肌に、唇《くちびる》で赤い印をつけて……」

ダメだ！　この人まったく聞く耳を持っていない！

というか手の力つよっ！　なかなか解けないぞ⁉

「…………と、いうのは全て嘘《うそ》で、影人《えいと》は泥棒猫《どろぼうねこ》を振り払《はら》い私のもとに戻って……」

「……と、いうのも戯言《たわごと》に過ぎず、影人《えいと》様はわたくしのとったホテルの一室に……」

おかしい。聞き覚えのある声が介入《かいにゅう》してきた。

「お嬢？　海羽《みう》さん？」

「待ってなさい影人《えいと》。私がこの人魚の皮を被《かぶ》った悪魔《あくま》から引き剥《は》がしてあげるから」

「……悪魔なんて人聞きの悪い」

「わたくしたちから影人《えいと》様を引き剥がすために姑息《こそく》なイメトレを画策しているのですから十分に悪魔でしょうに！」

「しかもなに自分の歌声《さいのう》を存分に利用してるのよ！」

「そもそも、なんだったんですの今のイメトレ⁉」

「……イメトレはわたしなりに真剣に考えた方法。そこに嘘はない。ただちょっとついでに影人《えいと》との逢瀬《おうせ》を楽しんでただけ」

「なァにがちょっとよ！　ガッツリだったたでしょうが！」

「というかあなたたち邪魔するなら出て行ってくださる⁉」

――と、友人三人組のじゃれあいはありつつ、この後も練習に励《はげ》みながらも目立った成果は得られず、一日目は終了《しゅうりょう》した。

☆

泳ぎの練習一日目を終えた後、食事や入浴などを済ませた海羽《みう》さんたちはすぐに眠《ねむ》りについたようだ。色々あったとはいえ一日中プールで練習していたのだ。無理もない。

ちなみにお嬢と乙葉《おとは》さんは、海羽《みう》さんと同じ部屋で寝泊《ねと》まりすることになり、そして俺はというと、もともと二人が泊《と》まる予定だった部屋（無理をきかせてとったらしい）を借りることになっている。

お嬢に仕える者として、何時如何《いか》なる時、如何なる場所であろうと眠ることができるように訓練を受けているので（そもそも五日程度なら一睡《いっすい》もせずに行動できるようにしている）問題はなかったのだが、「抜《ぬ》け駆《が》け防止用よ」とお嬢が強く勧《すす》めてきたので、その厚意《こうい》に甘《あま》えることにした。

――とはいえ、これも習性というやつだろうか。

「はっ……はっ……はっ……」

気が付けば俺は、月明かりに照らされた夜の砂浜を一人で走り、軽く汗《あせ》を流していた。

「しまった……なんか普通《ふつう》にトレーニングしてた……」

砂浜という不安定な足場、鍛錬に使わない方が勿体《もったい》ないのではないか。

そう考えたのが運の尽きだったな。

「おつかれさま。相変わらず熱心ね」

俺が立ち止まる場所を予測していたのだろう。

夜の砂浜に、金色の長い髪《かみ》をなびかせながら一人の女神《めがみ》が佇《たたず》んでいた。

「お嬢。まだ起きてらしたんですか？」

「私は夜型だし。影人《えいと》ならよく知ってるでしょ」

「確かに。きちんと睡眠《すいみん》はとっていただきたいと常々思っておりますから」

「そっくりそのまま返してあげるわ。はい、これ」

お嬢が手渡《てわた》してきたのは、恐《おそ》らく売店で購入《こうにゅう》してきたであろうスポーツドリンクだ。

「……ありがとうございます」

お嬢からボトルとタオルを受け取ると、このやり取りに小さな懐《なつ》かしさが込み上げてきた。

「最近はあんまり機会もなかったけど、こうやって影人《えいと》に差し入れを持ってくると懐かしい感じがするわ」

「俺も同じことを思いました」

鍛錬をしている俺に、たまにお嬢が差し入れをくださることがあった。高校生になってからは、お嬢もご自身の研究開発により深く没頭《ぼっとう》することが増えたこともあり、そういった機会も減っていたが。まあ本来、主が自ら使用人にこのような施《ほどこ》しを与えてくださること自体がありえないことなので、正常化したと言ってもいいのかもしれない。

「ね。少し、お話ししない？」

「え？」

「あの泥棒猫に連れてこられたというのは癪《しゃく》だけど、せっかく夏の海に来たんだもの。それに今の私たちは、天堂《てんどう》家の主従関係ではない、ただの高校生なんだし」

言うや否《いな》や、お嬢は砂浜に座る。いつもならここで敷物《しきもの》を用意するのだが、トレーニング中ということもあって生憎《あいにく》と今は手持ちにない。そして、このままお嬢を放置して一人で帰るという選択肢《せんたくし》も俺の中には存在しない。

「分かりました」

促《うなが》されるまま、お嬢の隣《となり》に座る。

「……………ねぇ。訊《き》いてもいい？」

「お嬢なら何を訊いても構いませんよ」

「どうして海羽《みう》のためにあそこまでしたの？」

お嬢の眼差《まなざ》しはとても真っすぐで。その瞳《ひとみ》の眩《まばゆ》き輝《かがや》きは、映し出している星空よりも美しい。そんな美しい瞳を今、こうして独《ひと》り占《じ》め出来ていることに幸福を噛《か》み締《し》めながらも、同時にこの問いには一切《いっさい》の誤魔化《ごまか》しなく真摯《しんし》に答えるという対価を支払《しはら》うべきだとも感じた。

「…………海羽《みう》さんは、兄である嵐山様《らんざん》とあまり上手《うま》くいっていないように見えました」

「そうね。詳《くわ》しいことは知らないけど、いつからかあの二人はあんな感じだったし」

「それがどうにも…………気になってしまって」

「気になる？」

お嬢からの問いをきっかけに、自分の中にある気持ちを少しずつ形にしていく。

「自分が家族に捨てられた経験があるからでしょうか。せっかく傍《そば》に家族がいて、いつでも会えるのに、ああしてすれ違っているのは、見ていてどうにももどかしくて。他人の家のことに口出しをするのはよくないとは思っていたのですが、つい……」

「ふーん。ついかっとなってやった、ってわけね」

「その言い方は色々と誤解を招きかねないのですが……まあ、そうですね」

「そういえば乙葉《おとは》の時も家族がらみだったわね。ふーん？」

「お嬢。もしかして、怒《おこ》ってます？」

「怒ってない。ちょっと不機嫌《ふきげん》なだけ」

　怒っていると言わないのだろうか、それは。

「あのね。これからもちょっと上手くいってないご家庭を見る度に、その家のことに口出しするつもり？」

「そういうつもりはありませんが。というか、お嬢。やっぱり怒ってますよね？」

「怒ってたらなんなのよ」

「謝《あやま》ります」

「その『理由は分からないけど、とりあえず謝っておこう』なんて処世術《こと》は社会人になるまでとっときなさい」

　つまりダメらしい。難しいな。

「申し訳ありません、お嬢。理由を教えてもらえませんか？」

「……………………私をほったらかしにした」

「えっ？」

声が小さすぎてよく聞こえなかった。お嬢の声だというのに、聞き逃《のが》してしまった。

「だ・か・ら！　乙葉《おとは》の時も今回の海羽《みう》のこともそう！　私のことほったらかしにしてるじゃない！」

「いや、ほったらかしにした覚えは……」

「してる！　私がそう思ったからしてるの！」

この感じには覚えがある。さっきのドリンクを受け取った時のとは違う懐かしさだ。

「………ははっ」

「なによ。なんで笑ってるの？」

「いえ。そういえば、こんなことが前にもあったなと思って」

「……覚えてないわ」

「絶対に覚えてますよね」

「覚えてない」

頑《がん》として認めないお嬢。だけど俺はハッキリと覚えている。

「まだ幼い頃です。俺が未熟なこともあり、訓練で忙《いそが》しいあまりお嬢のご要望を叶《かな》えることができずにいて……」

——なんで私とあそんでくれないの！

――影人《えいと》のばかっ！　もっと私をかまいなさい！

「……と言って、涙《なみだ》を零《こぼ》す愛らしいお嬢のことは今でも鮮明《せんめい》に覚えています」

「覚えてない覚えてない。まーったくこれっぽっちも覚えてないわ」

どうやら本人にとっては忘れたい出来事であるらしい。

だけど俺にとっては忘れられない出来事だ。

「今回は……」

胸に疼《うず》く懐かしさが、不意に体を動かした。

指が自然にお嬢の目元へと触《ふ》れる。世界一繊細《せんさい》な硝子細工を扱うように、涙の痕《あと》がないことを確かめる。

「泣いてないんですね」

「――っ。あ、たりまえでしょ。何歳《なんさい》の時よ、それ」

「やっぱり覚えてるじゃないですか」

それがたまらなく嬉《うれ》しい。お嬢の中に少しでも俺という存在が残っていることが。

「……申し訳ありません。お嬢に寂《さび》しい思いをさせてしまいましたね」

「…………………」

うん。これは『寂しい思いをしたと素直《すなお》に認められなくて黙《だま》り込んでる』時の顔だな。

前もそうだった。あの時も、俺は今のと同じことを言って、お嬢は同じように黙り込んでいた。

「今はお嬢も天堂《てんどう》家から離《はな》れて暮らしておりますし、寂しいですよね。俺でよければ埋《う》め合わせしますから」

「そういう意味じゃないけど、まあいいわ……ふん。言質《げんち》はとったからね」

様々な分野で規格外の活躍《かつやく》や実績を残す天衣無縫《てんいむほう》の才女であるお嬢だが、今みたいに愛らしく膨《ふく》れる幼さも、とても魅力的《みりょくてき》だ。ああ、本当に訓練を積んでいてよかった。俺のような捨て子の使用人には烏滸《おこ》がましい恋心《こいごころ》を抱いてしまうところだった。

「……で、どうするの。あと四日で四元院海羽《しげんいんみう》を泳げるようにしなくちゃいけないんだっけ？　というか、どうにかなるレベルなのあれ？　常軌《じょうき》を逸《いっ》したカナヅチだったけど」

「気になりますか？　海羽《みう》さんのことが」

「べっつにー？　ぶっちゃけると四元院海羽《しげんいんみう》が泳げなかろうと私には一切関係ないし。そもそも影人《えいと》が負けた方が私にとっては都合がいいしね。あの泥棒猫に近づけなくなるんだもの。だけど、そうね。強《し》いて言うなら……」

お嬢は一拍《ぱく》の間を置いて、一人の高校生としてではなく、俺の主たる『天堂星音《てんどうほしね》』としての顔を見せた。

「……私の影人《えいと》が、他所の家から侮《あなど》られるのは良い気分じゃないわ」

本当に素直じゃないなこの人は。勿論、それも本音の一つなんだろうけれど。

だけど『それだけ』でもないはずだ。

「だから不甲斐《ふがい》ない四元院海羽《しげんいんみう》の助けになって、あのいけすかない次期当主様の鼻っ柱をへし折ってやりなさい。これは命令よ」

「分かりました。海羽《みう》さんとは、それこそ幼少の頃《ころ》からの付き合いですもんね。お嬢に対して対抗心《たいこうしん》を燃やす数少ない存在ですし、お嬢としても良い意味で印象に残るご友人でしょう。必ず助けになります」

「だーかーらー、知らないってばそんなの。私はただ、影人《えいと》がなめられるのが我慢《がまん》ならないだけ」

本当に素直じゃないな。そういうところがとても愛らしいんだけど。

お嬢は才能がある上に努力家だ。その突出《とっしゅつ》した能力はあらゆるスポーツや芸術の場でもいかんなく発揮され、同年代の畏怖《いふ》と嫉妬を集めてきた。『天堂星音《てんどうほしね》だけは格が違《ちが》う』『対抗《たいこう》すること自体が馬鹿げている』――自らそう判断した同年代の者たちは、お嬢に近づくことすらしなかった。

だが海羽《みう》さんだけは違った。その心の奥底《おくそこ》でお嬢に対する対抗心を燃やし続けていた。

お嬢はそれを見抜《みぬ》いていたようで、言葉には出さないものの海羽《みう》さんからの視線に嬉しそうにしていた。本人は絶対に認めないだろうが、お嬢にとって海羽《みう》さんは心地《ここち》良《よ》い友人なのだ。

「……なによ。なんで笑ってるの?」

「俺が海羽《みう》さんの力になろうと思った理由は、他にもあったと気づいたんです」

家族のことだけじゃない。海羽《みう》さんのためだけでもない。お嬢のためでもあったんだ。

「海羽《みう》さんのことですが――今日一日、彼女のことを観察して、分かったことがあります」

「ふーん。へー。あの生意気な身体をじっくりじろじろ見ていた、と?」

えっ。怖《こわ》い。なんで急に殺気立ったんだ。

「えーっと、とりあえず……海羽《みう》さんのカナヅチは技術的な問題ではありません」

「単純に泳ぎが絶望的に下手なわけじゃない、ってこと?」

「ええ。むしろフォームをはじめとする基礎《きそ》自体は出来てるんです」

「となると……問題になってるのは精神面ってことかしら」

「流石《さすが》はお嬢。俺も同じ考えです。そしてそれにはきっと、嵐山《らんざん》様が関わっている」

立ち上がり、砂浜を踏《ふ》みしめる。月明かりに照らされた景色、その奥にある夜の闇《やみ》は世界を包み覆い隠しているかのようだ。

「海羽《みう》さんと嵐山《らんざん》様の間にある何か。まずはそれを探《さぐ》ってみようと思います」

第六章　兄と妹

「わたくしの兄について、ですか？」

ホテルの部屋にお邪魔させてもらい、お嬢と乙葉《おとは》さんには席を外してもらった。

ここからはプライベートな話になるだろうから。

「なぜ急にそのようなことを？　泳ぎに関係あるようには思えませんが……」

「技術的なことは昨日、試《ため》しましたからね。今日は精神面でのアプローチを試そうかと」

「……なるほど。確かに、精神が肉体に与える影響《えいきょう》は大きいですものね……それがスポーツやそれに類するものならばなおのこと」

海羽《みう》さんはスポーツが不得手というわけではない。

むしろお嬢に及《およ》ばないまでも、様々な競技でかなりの成績を残している。だからこそというべきか、俺の話への理解は早かった。

「ええ。ですから嵐山《らんざん》様との間に何か悩《なや》みや問題のようなものがあるなら、一度誰《だれ》かに相談してみませんか？　全てが解決できると驕《おご》るつもりはありませんが、手助けならばできるかもしれません。俺でなくても、お嬢や乙葉《おとは》さんでも構いませんから」

「…………」

どうやら何か心当たりがあるらしい。海羽《みう》さんの瞳が逡巡《しゅんじゅん》に揺《ゆ》れる。

「…………昔、幼い頃。家族で海にいったことがありましたの」

開いた窓から吹《ふ》き込んでくる風が頬《ほお》を撫《な》で、髪を揺らした後、海羽《みう》さんはぽつりと一滴《いってき》の雫《しずく》を垂らすように言葉を絞《しぼ》り出した。

「お父様とお母様。それと……お兄様も一緒《いっしょ》に」

「嵐山《らんざん》様と、ですか？」

「ええ。あの頃はまだ、兄妹仲《きょうだいなか》はよかったと思います。よくお兄様の背中についていくことも珍《めずら》しくありませんでしたし……ちょっと影人《えいと》様？　なぜそのようなにこやかな顔をしてらっしゃるの？」

「お気になさらず」

想像するだけで微笑《ほほえ》ましい。

「まあ、その時にですね。わたくし……水中で足を痛めて、海で溺《おぼ》れてしまいましたの」

「――――……それは」

海羽《みう》さん自身は海が好きだと言っていたけれど、無意識のうちに水に対する恐怖心《きょうふしん》が心を蝕《むしば》んでいたとしても不思議ではない。

「ああ、ご心配なく。水に対する恐怖心はないんですよ。本当に。入浴だって好きですし、話した通り海も好きですわ」

「無意識のうちに恐怖心があるということは？」

「無意識、と言われてしまえば確かめるのは難しいですが……少なくともわたくし自身、水に対する苦手意識も恐怖心もありません。それは断言できます。ただ……」

「ただ？」

「わたくしが溺れた時、近くにいたのはお兄様でした。わたくしは助けを求めるようにお兄様に手を伸《の》ばして、お兄様もまたわたくしに手を伸ばしました。ですが…………掴《つか》んではくださりませんでした」

海羽《みう》さんは顔に影を落としながら、言葉を絞り出した。

「お兄様は、わたくしを見捨てたんです」

☆

一通りの話を終えた後、俺達《おれたち》は今日もまたプールで海羽《みう》さんの泳ぎの練習に取り組んだ。

今日に限っては、昨日のような飛び道具ではなく地道な基礎練習に集中してみたものの、成果も進展も得られなかった。

乙葉《おとは》さんとお嬢に相談し、俺の推測を告げた上で今日一日の練習を注意して観察してもらったが、二人とも精神的な部分が影響しているのではないかという見解は一致《いっち》した。

やはり見たところ本人が言うように水が苦手、というわけではなさそうだ。

水を顔につけることにも抵抗《ていこう》感が無かった。だが泳ぎの動作……いや。水中に入ると、どうも動きがぎこちなくなり、その結果、犬●家になってしまうんだけど。

(今日一日、海羽《みう》さんを観察して確信した。アレは恐怖《きょうふ》や怯《おび》え、焦《あせ》りの類で間違いない。だけど水に対する恐怖心ではないことも確か)

……では一体、彼女は何に怯えてるのか。

水ではない。海ではない。泳ぎでもない。

それだけが謎《なぞ》だ。とはいえ一人で考えても答えは出てくるものでもない。

(そもそも、なぜ嵐山《らんざん》様は海羽《みう》さんの手をとらなかったのだろう)

海羽《みう》さん本人は分からない、と言っていた。海羽《みう》さんの救助は傍にいた護衛が務め、嵐《らん》山《ざん》様はついぞ触れることはなかったらしい。そして、その日を境にしてお二人の仲は少しずつ悪くなっていった。

「……なら、まずはその理由を探ってみるか」

嵐山《らんざん》様が海羽《みう》さんの手を掴まなかった理由。それを知ることが、海羽《みう》さんの精神的な傷を和《やわ》らげることにも繋《つな》がるかもしれない。

『――で、オレに連絡《れんらく》をつけてきたってわけか』

「ああ。嵐山《らんざん》さん個人についてな。頼《たの》む、雪道《ゆきみち》」

『あのなぁ……オレは便利屋じゃないんだぞ？　四元院《しげんいん》家の次期当主を調べろなんて無茶《むちゃ》ぶりが過ぎるだろ。だいたいなんでオレにほいほいそういうの振《ふ》るかね。天堂《てんどう》家はその手の人材にも困ってないだろ』

「雪道《ゆきみち》に頼む理由は三つ。一つ目はお前の能力を見込《みこ》んでのことだ。天堂《てんどう》家にも情報収集をはじめとした諜報《ちょうほう》の部署はあるけど、それで分かるのはあくまでも外面だけ。けどお前の老若男女《ろうにゃくなんにょ》問わない幅広《はばひろ》く深い人脈は内面的な部分、つまり公的な記録じゃなくてもっと深い部分を調べるのに向いてる」

『ほーん。で、二つ目は？』

「二つ目は状況《じょうきょう》だな。今の俺は一時的にとはいえ天堂《てんどう》家を離れてる。俺個人の事情で正式な人員を動かすわけにもいかないし、そうでなくても天堂《てんどう》家の人間を使って四元院《しげんいん》家当主の内情を調べるなんてことはできない。天堂《てんどう》家にとってハイリスクノーリターン。何より旦那《だんな》様《さま》や奥様《おくさま》に迷惑《めいわく》をかけることになる」

『はいはい。そりゃオレに迷惑をかけても心は痛まねぇもんなァ。ちなみに三つ目は？』

「一番頼《たよ》れる親友だから」

『しょーがねぇなぁこんちくしょう！　頼まれてやるよ!!』

喜びと照れが入り混じった声がスマホ越しから聞こえてくる。

幼馴染《おさななじみ》、兼《けん》、親友が今、どんな顔をしているのかが容易に想像できた。

「ありがとな。助かる」

『つーか、最初からそう言えよな～。あーあ、これで引き受けるオレもオレだけどさ』

「今度何かお礼する」

『言ったなこのやろ。絶対だかんな』

対象はあの四元院《しげんいん》家次期当主。さしもの雪道《ゆきみち》も時間がかかるとのことだ。

その間の時間を無駄《むだ》にはできない。どっちにしろ嵐山《らんざん》様本人への接触は必要になるか。

「まずはアポをとらないとな」

というわけで、再び海羽《みう》さんのもとをたずねてみたのだが……。

「お兄様と連絡をとることはできませんわ」

「それは、俺が天堂《てんどう》家に仕えているからですか？」

「そうではありません。わたくしからお兄様への連絡手段がないんです。……正確に言えば、わたくしからの連絡は全て無視されてしまうのです。これまで何十、何百、何千といった連絡を一方的に無視されておりますので」

「えっ？　なぜですか？」

「わたくしが知りたいぐらいですわ。あの人は、わたくしのことを避《さ》けておりますから」

「……では、嵐山《らんざん》様が今どこにいるのかは？」

「それも知りません。仕事でこの島に来ていることすら知らなかったぐらいですから。……いつものことです。わたくしを除《の》け者《もの》にするのは。不出来な妹のことが気に入らないのでしょう」

「そんなことは……」

「あるのです」

きっぱりと断言する海羽《みう》さん。どうやら俺が思っている以上に、嵐山《らんざん》様との溝《みぞ》は深いようだ。海羽《みう》さんからすれば当然か。何しろ、全てが一方的なのだから。

さて。まいったな。こうなってくると、嵐山《らんざん》様とのアポをとる方法がない。

この島にはいくつか宿泊施設《しゅくはくしせつ》があるが、そこを片《かた》っ端《ぱし》から調べるわけにもいかないし。

「……仕方がない」

少し強引《ごういん》な方法だから避けたかったけど、このままだと時間を浪費《ろうひ》するだけだ。

行動すると決めた俺は、すぐにホテルを出た。といっても、そう遠くに移動するわけではない。海羽《みう》さんが用意してくれたこの宿泊施設は緑豊かな自然との調和を考慮《こうりょ》した配置や設計がなされている。つまるところ、周囲には密《ひそ》かに対象を護衛するに適したポイントがいくつかあるわけで――――。

「警護お疲《つか》れ様《さま》です。あのー、少しお時間よろしいでしょうか？」

「――――っ……⁉」

このように、四元院《しげんいん》家の精鋭《せいえい》であろう護衛が潜《ひそ》んでいるわけだ。

「な、なぜ貴様がここに……！　いや、それよりなぜこの場所が……！」

「気配で」

「気配で⁉」

そこまで驚《おどろ》くことだろうか。護衛にとっての基礎技術なのに。

旦那様にも「え～～～～？　気配すら察知できないの～～～～？　じゃあ星音《ほしね》の傍に置くわけにはいかないよなぁ～～～～～～～～⁉」と言われたぐらいだ。今思えば、あの時の俺はとても未熟だったな。恥《は》ずかしい。

「海羽《みう》さんの護衛ですよね。お屋敷《やしき》に来た時からずっと気配を感じていましたし、プールで練習していた時も常に。今は施設内《しせつない》に十五人、外にあなたを含《ふく》めて十九人が割《さ》かれていますね。お疲れ様です」

「天堂《てんどう》家の番犬……噂《うわさ》に違《たが》わぬバケモノっぷりだな」

俺程度のレベルでバケモノだなんて過大評価だ。

旦那様に比べれば俺なんてまだまだチワワみたいなものだ。俺は水の上を百メートル程度しか走れないし。

「今はただの夏休みを満喫《まんきつ》している学生です」

「……その、ただの学生が何の用だ？」

「嵐山《らんざん》様と繋いでくれませんか？　お話ししたいことがあるんです」

「………………」

俺の申し出に護衛の方は困惑《こんわく》している。当然の反応だろう。

「海羽《みう》さんに関係することです」

「……少し待て」

護衛の人は耳に装着している端末《たんまつ》を使い、誰《だれ》かと連絡をとりはじめた。

恐らくは嵐山《らんざん》様だろう。

「………断るそうだ。嵐山《らんざん》様のスケジュールには約束の期日まで空きが無い」

「そうですか」

実際、次期当主ともなれば忙しいのだろう。

だが……嘘のような気もする。嵐山様《らんざん》は俺を避けた。いや、正確には海羽《みう》さんの話をすることを避けたのか？

海羽《みう》さんについている護衛の気配は嵐山様《らんざん》と出くわしてから数が増えている。

これはつまり嵐山様《らんざん》の指示によるものだ。過保護と言ってもいい。そんな彼《かれ》が海羽《みう》さんについての話があると言われて、時間を空けないわけがない。

「……わかりました。出直すことにします」

つまりこれは、意図的に避けたということだ。

これで嵐山様《らんざん》が何かを知っているということはより確実となった。

やはり彼とは一度、話をする必要がありそうだが……どうやって接触《せっしょく》したものかな。

☆

表向きは『仕事』ということになってはいるが、本来このリゾート地を訪《おとず》れるような予定は四元院嵐山《しげんいんらんざん》のスケジュールにはなかった。

秘書、否――――お節介《せっかい》な友人の仕業《しわざ》である。

「自分を磨り潰《すつぶ》すような働き方はやめろ。ちったぁ休め休め」

半ばだまし討《う》ちの形で押さえられたスケジュール。

どうやら家の内部の者も協力していたと知ったのは後のことだ。とはいえ、大人しく休《きゅう》暇《か》をとるような嵐山《らんざん》でもなかった。

このリゾート地には様々な権力者が集まる。新たなコネクションを築くには絶好の機会だ。四元院《しげんいん》の名を守るだけでは足りない。更《さら》に大きくしなければならない。今日もそのために、この島にあるステージで開かれるミニコンサートに観客として参加していた。

地図にない島にあるセレブ御用達《ごようたし》の高級リゾート。そのステージへの参加は一つの高み。この島に招かれるだけで、そのアーティストが世界レベルであることの証明となる。

嵐山《らんざん》にとっても、世界レベルのアーティストに触れられる機会は貴重だ。

教養を錆《さ》びつかせぬ意味でも見る価値はある。事実、たった今、歌を終えたシンガーは素晴《すば》らしいパフォーマンスを披露《ひろう》していた。己《おのれ》の時間を使う価値があったと手放しで称賛《しょうさん》できるほどに。

そして次にステージに上がったのは、資料で見覚えのある少女だった。

名前は、確か――――羽搏乙葉《はばたきおとは》。

美しいドレスに身を包んだ彼女《かのじょ》はさながら妖精《ようせい》のようだが、彼女は活動を休止していたはずだ。最近、復帰のための準備を進めているとは聞いていたが、このステージに立つだけの力は戻《もど》っているのか。

他の観客たちも同様のことを思ったのだろう。僅《わず》かにざわめきはじめている。

彼女は理解しているのだろうか。もしここで無様なパフォーマンスを披露すれば、羽搏《はばたき》乙葉《おとは》の名は地に落ちる。ここにいる観客はただの観客ではない。

いかに歌姫《うたひめ》といえども、アーティスト一人など容易《たやす》くステージから消してしまえるほどの権力者。いわば彼女にパフォーマンスを依頼《いらい》する側であり、使う側の者たちだ。

そんな権力者たちを前に、正式に復帰すらしていない小娘《こむすめ》が歌うなど無謀《むぼう》としかいいようがない。

「……………………」

されど。ステージ上の歌姫には緊張《きんちょう》も恐れもなかった。

ただ凛然《りんぜん》と、美しく、その場に佇んでいた。

そんな神秘的とさえ称《しょう》することのできる彼女を見守っているうちに、観客たちの揺らぎ、ざわめきが消えうせた。

タイミングを見計らったかのように音楽が奏《かな》でられ、そして……。

「────────……♪」

彼女は、歌った。

たった一言。たった一声。それだけで、揺らぎも不安もざわめきも、全てを無かったことにした。

少し前まで活動を休止し、まだ正式に復帰もしていない者の歌声とはとても信じることが出来ない。それどころか、嵐山《らんざん》の記憶《きおく》が正しければパフォーマンスのクオリティが以前よりも格段に増している。

その理由が解らない。

確かに彼女は歌姫だ。世界レベルのアーティストだ。しかし、『ここまで』ではなかった。世界レベルだった彼女をさらに高みへと押《お》し上げた何か。彼女に何が起きたのか。

脳内の資料を漁《あさ》り、理由を推測する中で、一つの結論に至る。

「……………彼女の才能を押し上げたのはお前か」

そして、その結論は嵐山《らんざん》の隣の席に座《すわ》る。

「……………夜霧影人《やぎりえいと》」

「俺《おれ》は何もしてませんよ。乙葉《おとは》さんの努力の賜物《たまもの》です」

「このステージに入ることが出来る者は限られているはずだが」

「俺は乙葉《おとは》さんの臨時マネージャーですから」

どうやら出演者《アーティスト》の関係者《マネージャー》という手段《カード》で入り込《こ》んだらしい。

「……なぜ私がここにいると分かった」

「お嬢《じょう》……あー、いえ。少し機械が得意な方に手伝っていただきまして」

「セキュリティの見直しをしておこう。それで、用件は」

「あなたに訊きたいことがあって来ました」

「私がそれに答える義務は？」

「あります」

「根拠《こんきょ》は」

「あなたは海羽《みう》さんのお兄様ですから」

「────────」

己の中に滲《にじ》み出た僅かな揺らぎ。それを見逃《みのが》すほど『天堂《てんどう》家の番犬』が愚鈍《ぐどん》ではないことを四元院嵐山《しげんいんらんざん》は知っている。

あらゆる分野の歴史に名を刻み、一部では神の光が人の形を成した者とさえ称《たた》えられる少女が天堂星音《てんどうほしね》だ。彼女の持つ才能と叡智《えいち》は誰もが欲《ほっ》し、実際に手を伸ばした者も後を絶たない。されど彼女の日常がそうした脅威《きょうい》に侵《おか》されたことなど無い。日常を侵食《しんしょく》する異常の魔《ま》の手が彼女に触れるその前に、『天堂《てんどう》家の番犬』が全てを抹消《まっしょう》してきた。数多《あまた》の非日常を噛み砕《くだ》いてきた番犬の鼻は誤魔化せない。

無論、ここで無視を決め込《き》むことは簡単だ。されど心が揺らぐということは、それだけ顔を背《そむ》け難《がた》い要件《こと》でもある。嵐山《らんざん》は少しの沈黙《ちんもく》の後、彼の質問を受けることにした。

「……いいだろう」

「感謝します」

「感謝ならば、このステージに飛び入りで立てるほどの歌に捧《ささ》げるんだな」

「捧げていますよ。感謝と信頼《しんらい》と尊敬を」

夜霧影人《やぎりえいと》は今も尚《なお》、観客たちの心を奪《うば》い続ける歌を損《そこ》ねないようなボリュームで、しかし言葉は聞き取れるように言葉を紡《つむ》ぐ。

「海羽《みう》さんが泳げないのは精神的な部分が関係していることが分かりました。そして、海《み》羽《う》さん本人に何か心当たりがないかを問うと……昔、家族で海に出かけた時の話をしてくれました。溺れそうになって、助けを求めるために手を伸ばして、あなたはその手を掴んではくれなかったと」

「……そうだ。海羽《みう》はこうも言ったはずだ。兄は自分を見捨てたと」

「ええ。仰《おつしや》っていました」

「そうだ。あの時、私は海羽《みう》を見捨てた。それが真実だ」

「なぜでしょう？」

真実を認めて心が弛緩《しかん》したほんの一瞬《いっしゅん》を突《つ》くように、夜霧影人《やぎりえいと》は質問を差し込んだ。

まるでこちらの呼吸を読まれているようで落ち着かない。

「なぜ、見捨てる必要があったのでしょうか？　これはとても頼りになる親友が調べてくれたことですが、当時あなたが次の当主になることは決まっていた。つまり自分が当主になるために妹をワザと見捨てる必要などない。何より、その海に行くまではあなたと海羽《みう》さんの仲は良好だったとも聞いています。なのになぜ、唐突《とうとつ》に妹を見捨ててしまったのでしょう？」

「私の心が弱かった。それだけだ」

「あなたが言うのならそれは真実なのでしょう。ですが、全てを語ってはいない」

「何が言いたい」

「……この質問は不愉快《ふゆかい》に思われるかもしれませんので、先に謝罪しておきます」

一呼吸の間をおいて、彼はその想像を口にした。

「嵐山《らんざん》様。あなたと海羽《みう》さんの間には……血の繋がりがないのではありませんか？」

「……なぜそう思った？」

「あなたは個人でDNA検査を依頼したことがありますね？　子供が自ら検査を依頼したことで、担当者も記憶に残っていたそうです。……ちなみにこの情報も、とても頼りになる親友が調べてくれました。さすがに検査結果までは手に入れられなかったようですが」

これらの情報にたどり着けるほどの情報収集能力を有した夜霧影人《やぎりえいと》の親友。そんな者は一人しか心当たりがない。

「風見《かざみ》家の子供か。うちの諜報部《ちょうほうぶ》に欲《ほ》しい腕《うで》だ。紹介《しょうかい》してもらえると助かるのだが」

「……風見《かざみ》家の子供かどうか明言は避けますが、親友には話しておきましょう。恐《おそ》らく、断ると思いますけど」

だろうな、と嵐山《らんざん》は乾《かわ》いた笑《え》みを零す。あの家の者は揃《そろ》いも揃って癖《くせ》が強い。

「……事実だ。私と海羽《みう》の間に血の繋がりはない。海羽《みう》本人は知らないことだが」

「海羽《みう》さんとの間に血の繋がりがないのであれば、やはり俺と同じ……」

「捨て子だ。赤子だった私は路上に捨てられていたそうだ。それを不憫《ふびん》に思った今の当主に拾っていただいたらしい」

「……恐らくは健康診断《しんだん》などの身体記録……血液型あたりでしょうか。きっかけは分かりませんが、海羽《みう》さんが溺れてしまうより少し前に、あなたは偶然《ぐうぜん》それを知った」

「血液型だ。どの型か口にするつもりはないがな」

「ご心配なく。四元院《しげんいん》家当主ともなれば血液の型一つとっても機密の塊《かたまり》。その禁忌《きんき》を暴《あば》くつもりはありません」

「……それにしても、大したものだ。まるで見てきたようだな」

「お嬢を護《まも》るために常日頃《つねひごろ》から磨《みが》いている技術の一つにすぎません」

「これほどまでに『欲しい』と渇望《かつぼう》した人間は、お前が初めてだ。無駄とは思うが問わずにはいられん。私に仕える気はないか？」

「光栄ですが、俺の主はお嬢以外にあり得ません」

「だろうな」

道理であの娘《むすめ》の日常を脅《おど》かすモノの悉《ことごと》くが殲滅《せんめつ》されるわけだと、嵐山《らんざん》は心の中で一人頷《うなず》く。

「……頭の中をよぎったのですね。本物の家族になれると」

「そうだ。このまま海羽《みう》が溺れてしまえば、四元院《しげんいん》家の子供は私だけになるとな。今思うと…………」

「愚《おろ》かにしても度が過ぎて、自分の命を絶やしたくなる」

「……驚いたな。天堂《てんどう》家の番犬は読心術も使えるのか？」

「……そのような便利な力はありません。ただ、俺もあなたと同じというだけです。親に捨てられ、偶然にもお嬢に拾っていただいたおかげで、現在《いま》があります。あなたとの違いがあるとすれば、使用人であったことぐらいでしょうか」

「おかしな話だ。あの方々は、言葉通り私を家族として迎《むか》えてくれた。本当の家族に」

「……現当主には話したのですか？　あなたの心の弱さが招いた、海羽《みう》さんの心の傷を」

「無論だ。当主は傷つき、私に怒《おこ》り、そして……私にそんなことをさせてしまった自分自身にも怒りを露《あら》わにしていた。『お前を不安にさせて悪かった』『私たちの伝える努力が欠《けつ》如《じょ》していた』と謝罪された。謝《あやま》られた瞬間《しゅんかん》が、一番こたえた」

「そうでしょうね。俺も同じ立場なら、それが一番こたえたと思います」

ただ怒ってくれた方がよかった。憎《にく》んで、いっそ勘当《かんどう》でもされた方がましだった。

謝られた。それが一番こたえた。それが一番こたえると、理解されていたのだ。

「全ては私の心の弱さが招いた結果だ」

「だからあなたは譲《ゆず》ろうとしているのですね？　四元院《しげんいん》家当主の座を……海羽《みう》さんに」

彼は否定したが、ここまで見抜かれてしまうと読心の異能でも有しているのかと疑わずにはいられない。それほどまでに天堂《てんどう》家の番犬が紡ぐ言葉は、正確に中心に近い場所を射《い》貫《ぬ》いている。

「あなたはそのために一分の休暇や休息すら削《けず》り、既《すで》に盤石《ばんじゃく》な四元院《しげんいん》家で更なる土台を作ろうとしている。海羽《みう》さんが当主の座についた時、ただ穏《おだ》やかに、ただ幸福に暮らすことができるように」

「……『譲る』のではなく、『元の場所に戻す』が正しいな」

本来、自分が手にするものではなかった。

ただ愛情深く慈悲《じひ》深く、血の繋がりがなくとも家族と認めてくれた恩人が、当たり前のように与《あた》えてしまったもの。

「……優《やさ》しさを弱さだと断じるからこそ、海羽《みう》さんを突き放《はな》しているのですか？」

「弱い心を持つ者に当主の座は務まらん。故に海羽《みう》は強くならねばならない」

「過保護で目を曇《くも》らせていますね。海羽《みう》さんは強いですよ」

自分の知らない義妹《ぎまい》の評価に言葉を失っている間に、天堂《てんどう》家の番犬はなおも続ける。

「お嬢は幼少の頃より努力を重ね、才を発揮し、それ故に孤高《ここう》でありました。その能力に心を折った者も数多く、畏怖と畏敬《いけい》の壁《かべ》があったのは事実です。しかし海羽《みう》さんだけは、ただそんな壁などものともせず、お嬢のことを見ていました。心を折られるのではなく、ただ『悔《くや》しい』という感情を漲《みなぎ》らせて」

「結果より気持ちが重要だと？」

「個人的な意見を申し上げるなら、結果の方が大切です。いくら気持ちがあろうと、お嬢の命が失われる結果が生まれた瞬間、この世界の全てに意味と価値がなくなりますから。……ただ、人の生き死にが関わっていない場所で、気持ちから目を逸《そ》らすのはフェアではないかと思います」

今、海羽《みう》が溺れているわけではない。今、海羽《みう》が命を失いそうになっているわけではない。そう、言っているのだろう。

「たとえ思うような結果が出せずとも、あなたにどれだけ冷たく突き放されても、へこたれず立ち上がってきた海羽《みう》さんの気持ちを見てもらえませんか」

「…………」

思えば、最後に海羽《みう》の目をまっすぐに見たのはいつだったか。

それすらも忘れてしまった。もはや、まともに目を合わせる資格など自分には無いのだから。

「気持ちとやらを見て何が変わる？」

「何も変わりません。ただ、今もそこにある事実、あなたが今、見えていないものが見えるだけです」

少し、理解ができた。

なぜこの天堂《てんどう》家の番犬……夜霧影人《やぎりえいと》と会った時、苛立《いらだ》ちを覚えたのか。

自分よりも海羽《みう》のことを理解しているからだ。そしてこの苛立ちを放置しておくという選択肢《せんたくし》は、嵐山《らんざん》の中にはなかった。

「ところで、ですが。次期当主がただの捨て子だと判明すれば、四元院《しげんいん》家が築いてきた地《じ》盤《ばん》が揺らぐのでは？」

「……それは脅しか」

「脅しです。ドラマとかでよくある『バラされたくなければ言うとおりにしろ』ってやつです」

「……お前は、この私に何を望む？」

「大した望みではありません」

少年はにこりと笑い、要求を突き付けた。

「海羽《みう》さんを泳げるようにしてください」

☆

――――約束の期日である五日後が訪れた。

四元院海羽《しげんいんみう》の心の中には焦燥《しょうそう》感と無力感、そして悔しさが募《つの》っていた。

あれだけの大口を叩《たた》いたにもかかわらず、友人たちの手を借りたにもかかわらず、泳ぎ一つ満足にこなせない。

(……情けない)

水着に着替《きか》えたものの、水の中に入る気にはなれず、プールサイドで一人膝《ひざ》を抱《かか》えることしかできなかった。

これまでの練習で薄々《うすうす》察してはいたが、どうやら自分には精神的な傷があるようだということを海羽《みう》は自覚していた。兄に見捨てられた時の記憶は未《いま》だに引っかかっている。それを自覚しているだけに、自分への情けなさで押しつぶされそうになっていた。

(トラウマ一つ克服《こくふく》できないなんて……)

情けない。情けない。情けない。結局はまた自分が劣《おと》った人間であることを証明しただけだ。こんな自分を誰が見てくれるのだろうか。

「海羽《みう》さん」

「……影人《えいと》様」

好意を寄せている男の子と顔を合わせることが今は、辛《つら》い。

申し訳なさと、情けなさと、自分のことなど視界から消えてしまうのではないかという、恐怖。

「……申し訳ありません。手を尽《つ》くしていただいたのに。あの、兄にはわたくしの方から言っておきますから」

「諦《あきら》めるにはまだ早いですよ。期日は今日。だったら、今日中に泳げるようになればいいんです」

「ですが、そんなことが……」

「できますよ。差し出がましいかとは思いましたが、そのための特別講師をお呼びいたしました」

「特別……講師……？」

影人《えいと》の口ぶりだと、なぜか今日は姿を見せていない天堂星音《てんどうほしね》や羽搏乙葉《はばたきおとは》ではなさそうだ。しかし、それ以外に誰が来るというのだろうか。

予想のつかない特別講師の存在に首をかしげる海羽《みう》の前に現れたのは――

「お、お兄様……⁉」

四元院嵐山《しげんいんらんざん》。海羽《みう》の兄であり、今日成果を見せるはずだった相手だ。

「な、なぜお兄様が……？」

「先ほど申し上げた通り、特別講師です」

「なっ…………⁉」

わけがわからなかった。成果を見せて判断を下してくるはずの相手が、わざわざ特別講師というていで自ら教えに来るなど。

「ストレッチは済ませているのか」

「え？　い、一応は……」

「そうか。ならば少し待っていろ。私も済ませる」

「え？　え？」

なぜか水着姿になっていた兄は、堅物《かたぶつ》顔はそのままに、きびきびとした動きでストレッチをはじめた。

「え、影人《えいと》様……？　あの、これは、どういう……？」

「俺たちじゃダメだったんですよ」

影人《えいと》は真っすぐに海羽《みう》の目を見る。目の前にいる四元院海羽《しげんいんみう》という人間を、正面から見てくれる。

「沈《しず》んでいく海羽《みう》さんが必死に伸ばした手をとるのは、俺たちじゃダメだったんです。あなたの手をとることができるのは、きっと──あなたのお兄様だけなんです」

「……ですが、わたくしは……」

手をとってもらえなかった。すり抜けた手のことは今でも覚えている。

「信じられないのもわかります。なら、俺を信じてはもらえませんか？」

「影人《えいと》様を……？」

「俺が傍《そば》にいます。たとえまた水の底に沈もうと、必ず助けます。だから、信じてお兄様の手をとってみませんか？」

「……………わかりました。影人《えいと》様を、信じますわ」

これまで様々な方法を試《ため》して上手《うま》くはいかなかった。ならば新しい方法を試してみるべきではあるだろう。そう、自分に言い聞かせながら頷くと、影人《えいと》は優しく微笑んだ。

影人《えいと》を信じる。それはまるで海羽《みう》が頷きやすいように用意した言い訳のようで、海羽《みう》がその言い訳がなければ頷くことができないことすら見抜《みぬ》いていたようで。そのことに多少、やや、ほんの少し、面白《おもしろ》くないと思わなくもない。

海羽《みう》はプールの中へと足を浸《ひた》す。ひんやりとした水の感触《かんしょく》に、僅かに身を震《ふる》わせながら。やがてストレッチを済ませたらしい兄もまた、同じようにプールへと入ってきた。

「…………」

「…………」

会話が無い。当然だ。もともと、兄とはそりが合わない。

ましてや五日前の時点でも喧嘩《けんか》していたようなものだ。噛《か》みつく以外の会話など、あるはずもない。

「…………なぜ、このようなことを？」

出てきた言葉は噛みつくように。だけど当然の疑問。

「あなたはわたくしが泳げないように。都合がよいのではありませんか？」

「いや。むしろ逆だ。お前が泳げるようになった方が、私にとっては都合がいい」

「では、なぜあのような賭《か》けを？　賭けの内容なんていくらでもあったはずでしょうに」

「…………心のどこかで望んでいたのだろうな。自分が犯《おか》した取り返しのつかない過《あやま》ちを、誰かが消してくれることを。奇跡《きせき》でも偶然でも、愛の力でもなんでもいい。とにかく誰かに、なんとかしてほしかった」

兄が言っているのは、あの日のことだ。

溺《おぼ》れて水の底へと沈みゆく手をとってくれなかった、あの時のことだ。

「自分の罪から目を逸らし、お前から目を背けていた」

「なにを……なにを、今更《いまさら》…………なぜ……」

兄からの懺悔《ざんげ》に対してこみあげてくるのは赦《ゆる》しではなかった。

しかし怒りでもなく――――純然たる疑問。知りたかった真実の問いかけ。

「今更そんなことを言うぐらいなら、なぜ……わたくしの手を、とってはくださらなかったのですか……？」

知りたかった。伸《の》ばした手をとってくれなかった理由を。

あの日からずっとずっと、知りたかった。

「わたくしを見限ったのでしょう？」

見限られたと思っていた。だから手を掴《つか》まれなかった。

見限られたくなくて。振り向いてほしくて。見てほしくて。

努力して努力して努力して。だから、天才に勝つことに固執《こしつ》した。天堂星音《てんどうほしね》を上回ることができれば、彼女に一度でも勝つことができれば、見限られないと。手をとってくれるはずだと。

しかし実際には勝つことは叶《かな》わず、誰も自分のことなど視界にすら入っていないと思っていた。

家族からすら見限られた自分を見てくれる者など、どこにもいないと思《おも》い込んでいた。

「あの時から、わたくしは……お兄様に、見限られた。だから、お兄様は――――」

「違《ちが》う」

返ってきたのは、力強い否定の言葉。

「私はお前を見限ったことなど一度もない。失望したことも、落胆《らくたん》したこともだ」

声が震えている。それは海羽《みう》だけではなく、兄も同様だった。

同じだ。海羽《みう》が今、恐怖《きょうふ》で震えているように――兄もまた、恐れているのだ。何かを。

「……見限られるとすれば、私の方だ」

「何を……」

「私は捨て子だ。四元院《しげんいん》家の血は入っていない」

一瞬。世界から、音が消えた。

「私は養子であり、父や母、そしてお前とも血が繋がっていない。この事実を知ったのは、あの日の少し前だ。そしてあの時……お前の手をとらなかったのは、考えがよぎったからだ。お前がここで溺れてしまえば、四元院《しげんいん》家の子供は私だけになる。私だけを……見てもらえる。見限られることもなくなる。見捨てられることもなくなる。そう思った」

少し遅《おく》れて風の音が。水の揺《ゆ》らぎが。波のさざめきが。鼓膜《こまく》を微《かす》かに震わせる。

「怖《こわ》かった。いつか捨てられるのではないかと。本当の娘だけを必要とし、私は捨てられるのではないかと。私たちの父も、母も、そのような人物ではないと骨身にしみて理解していたというのに。怖かった。恐ろしかった。私はその恐怖に負けた。……私の脆弱《ぜいじゃく》な心が、お前の命に死の危機をもたらし、心に深い傷を負わせた」

そして兄は。深々と、頭を下げた。

「全ては、私の責任だ」

こんな兄の姿は初めて見る。無論、ビジネスの場では頭を下げることもあるだろう。

だけどそうした利益も見返りも何もなく、自分に頭を下げてくる日が来るなど――――考えたこともなかった。

「……わたくしに、厳しくあたっていたのは？」

「私は自分の心の脆弱さを恥じ、悔《く》いていた。お前には私と同じ思いはしてほしくなかった。だから、心を強く持ってほしかった。強く在ってほしかった。いつかお前が、四元院《しげんいん》家の当主の座についた時、それは必要になるものだろうから」

「……わたくしが？　当主の座に？」

「時が訪れれば権利を放棄《ほうき》し、当主の座を譲るつもりだった。四元院《しげんいん》家の血が流れるお前がつくべきだからな」

「では、日々の仕事はそのために……」

「四元院《しげんいん》家をより強固なものにし、お前に手渡《てわた》したかった。お前がただ、平穏《へいおん》に、幸福に暮らしてゆけるように。それが私に出来る唯一《ゆいいつ》のことだと思っていたから」

「………………」

兄は、ただ自分のことを嫌《きら》っているのだと思っていた。だから厳しくあたっているのだと思っていた。

兄は、ただ四元院《しげんいん》家の繁栄《はんえい》のみを考えているのだと思っていた。だから己の命を削るようにして働いているのだと思っていた。

「だが……全ては言い訳だな。私はただ、自分の犯した過ちから逃《に》げていただけだった」

「………………」

「どんな罰《ばつ》でも受け入れよう。私にはただ、謝ることしか出来ない」

ただ首《こうべ》を垂れる兄は、まるで断頭台に立つ罪人のようで。

そんな兄を見て、海羽《みう》は――深いため息を吐《つ》いた。

「はぁ……実際に訊《き》いてみると、想像以上にくっだらない理由でしたわね」

「…………は？」

兄は顔を上げ、ぽかん、と口を開ける。

「知っていましたわ」

「知っていた？　何を？」

「わたくしとお兄様の血が繋《つな》がっていないことぐらい」

「………………なんだと!?」

どうやらこの事実は相手にとっては衝撃的《しょうげきてき》なものだったらしい。

これまでに見たことのないような兄の間抜け面《まぬづら》を見て、海羽《みう》は少しだけ気分が晴れた。

「確証はありませんでしたが、まあ、薄々とは」

「な、なぜだ……徹底的《てっていてき》に隠《かく》してきたはずだ」

「だからこそ、です。身内に対しても徹底的に隠しているからこそ、怪《あや》しいと感じていました の。何かしらの病を患《わずら》っている様子ではなかったですし、特にあなたの血液データは厳重に管理されていましたから。ここまで揃えば、予想することは難しくありません」

唖然《あぜん》とした様子の兄にますます気分がよくなる。

ここまで動揺《どうよう》している兄の顔を見るのは、おそらくはじめての経験だ。

「血が繋がっていないことなど些細《ささい》な問題です。わたくしたちは家族であり兄妹《きょうだい》です。今までもこれからもそれは変わりません。そして妹として言わせていただきますけど、わたくしがあなたを見限ると、本気で思っていたのですか？　だとすれば随分《ずいぶん》と侮《あなど》られたものですわね」

その怒りを込めた一言に、兄はただ圧倒《あっとう》されていた。

「わたくしは……いいですか。これは一度しか言いませんが……わたくしは、あなたを尊敬しています」

「――――っ……!?」

これまでに見たことのないような兄の間抜け面を見て、少しだけ気分が晴れる。

「誰よりも自分に厳しく、努力を重ね、誰からも次期当主として相応《ふさわ》しいと目されるまでに至り、実際に家のために常に結果を出し続けるあなたの背中を見て、わたくしは育ちました。あなたに認めてもらいたいと思うのは自然なことでしょう？　業腹《ごうはら》なことですが」

本当に業腹だ。兄のことは認めている。だが嫌いでもある。当然だ。あれだけ辛く、厳しくあたられて慕《した》えるはずもない。しかしやっぱり、心の底では認めているのだ。偉《えら》そうにできるだけの、ぐうの音もでないほどの努力を積んでいることを知っているから。

「時が訪れれば次期当主の座を譲るつもりだった？　ふざけないでください。そんな……あなたの苦労と努力を踏《ふ》み台《だい》にした空っぽの玉座に居座《いすわ》って、わたくしが幸せだとでも？　そんなもの、こちらからお断りいたしますわ」

「だが……私には、お前に償《つぐな》えるようなことは、他には、何も……」

「はぁ………」

思わず、とてもとても大きなため息が出てしまった。

どうやらこの兄は、とことん言ってやらなければならないらしい。

「当主の座など、わたくしは求めていません。そんなものを用意する必要など最初からなかったのです。あなたはただ一言『ごめんなさい』と謝ればそれでよかったのです」

「それだけで、よかったのか……？」

「そうです。さあ、今なら謝罪の言葉も受け入れてさしあげますが」

「…………ごめんなさい」

ごめんなさい、と素直《すなお》に謝る兄の姿はどこかおかしくて、ふっとした笑みが零《こぼ》れてしまう。心の中で凍《い》てついていた何もかもが、雪解けのように去っていくかのようだった。

「……何を笑っている」

「いえ。別に？　ただ、このような堅物の大男が『ごめんなさい』と謝っている姿は、なかなかに滑稽《こっけい》だなと」

「……私が言うのもなんだが、知らぬ間に随分と言うようになったな」

「そうかもしれません」

きっと、ここ五日間の練習に付き合ってくれたどこかの誰《だれ》かさんたちの影響《えいきょう》だろう。

「……そういえば。もう一つありましたわ。あなたにしてほしい償いが」

僅かに震えそうになる体を抑える。目線を送る。見守ってくれている、影人《えいと》へと。

彼《かれ》は最初からこうなることが分かっていたかのような優しい眼差《まなざ》しで見守ってくれていて、そんな彼を見ていたら、最後の震えも消えた。

「今度は……ちゃんと手を掴んでください」

「……ああ。もちろんだ」

妹は手を差し出す。そして兄は——今度こそ、その手を掴んだ。

☆

「なんとか丸く収まったみたいね」

「……はっぴーえんど」

「お嬢。乙葉《おとは》さん」

兄妹の様子をプールサイドで見守っていると、お嬢と乙葉《おとは》さんが遅れてやってきた。

どうやら二人なりに海羽《みう》さんに気を遣《つか》ったらしい。

「ちょっと、お兄様！　もう少しゆっくりと引っ張ってください！」

「十分にゆっくり引っ張っていると思うが……」

「もっとです！」

「ぜ、善処しよう……」

きっと、海羽《みう》さんは今日中に泳げるようになるだろう。そんな予感があった。

「嬉《うれ》しそうね。影人《えいと》」

「……そうですね。嬉しいです。とても」

海羽《みう》さんの心の傷を少しでも癒《いや》すことができたのなら、友人としてこれ以上に嬉しいことはない。何よりも。

「やっぱり家族は、仲良くできればそれが一番ですよね」

海羽《みう》さんと嵐山《らんざん》さんに血の繋がりはない。

しかしあの二人は紛《まぎ》れもなく兄妹であり家族だ。それが、どこか……羨《うらや》ましいと、思ってしまう。

「……ま、よその家族のことは置いといて。見たところもう大丈夫《だいじょうぶ》そうだし、私たちは夏休みを楽しみましょう」

「……プールで水遊びはもう十分した。今度は山に行く」

「あらそう。どうぞご自由に。遭難《そうなん》しても救助してあげるから、一人で存分に山遊びしてきなさい」

「……一人じゃない。影人《えいと》も一緒《いっしょ》だから。星音《ほしね》は一人で川遊びでもしてればいい」

「いいですねえ。山も川も」

「「ちなみに影人《えいと》はどっちが好き？」」

「俺はバイトがあるので山も川も行けませんが」

「「………………………………………………」」

二人の空気が一気にお通夜《つや》になった。

俺のことなんか放っておいて行ってくればいいのに……優しいなぁ。

「私が言うのもなんだけど、バイト漬《づ》けが本当に普通《ふつう》の高校生らしい夏休みなの？」

「……普通の高校生らしい夏休みが送りたいなら、もう少し遊ぶべき」

「うっ。それもそうですね」

そういえばもとはといえば普通の高校生としての夏休みを体験するためのバイトだった。

けど普通……普通かぁ……。

（普通の高校生って、どうすればなれるのかなぁ……）

エピローグ　白紙

嵐山《らんざん》様とのわだかまりも解け、海羽《みう》さんは無事にトラウマを克服した。

精神的な問題が解決した海羽《みう》さんはあっという間に泳げるようになり、五日以内に海羽《みう》さんを泳げるようにするという嵐山《らんざん》様からのお題もクリアすることができた。

「認めよう」

その日の夜。俺《おれ》を海辺に呼び出した嵐山《らんざん》様は、そう言って話題を切り出した。

「夜霧影人《やぎりえいと》。君は海羽《みう》の友人として相応しい」

「ありがとうございます。……ですが、よろしいのですか？　俺は海羽《みう》さんのお役には立てませんでした。むしろ友人として認められなくても仕方がないかと思います」

「いや。君はよくやってくれた。……それどころか感謝しているぐらいだとも。認めよう、という言い方は傲慢《ごうまん》だがな。一応、私は君に課題を出していた立場だ。許してくれ」

「一度《ひとたび》口に出した言葉はそう簡単に変えてはなりません。四元院《しげんいん》家の次期当主ならば猶更《なおさら》です」

「そう言ってくれると助かる」

うちのお嬢《じょう》は一度口に出した言葉を簡単に変えまくってる気がしなくもないけど、考えないようにしよう。そういう破天荒《はてんこう》なところがあの方の魅力《みりょく》だ。

「ここからは四元院《しげんいん》家次期当主ではなく、四元院嵐山《しげんいんらんざん》個人として話す」

夜の海を眺《なが》める嵐山《らんざん》様の顔は、とても穏やかなものになっていた。

「すまなかった。君には無礼な態度をとってしまっていたな」

「気にしていませんよ。むしろ可愛《かわい》い妹に近づく男がいれば、仕方のないことです」

嵐山《らんざん》様は、海羽《みう》さんを妹として大切にされているお方だ。

内心では穏やかではなかっただろう。だからこそ、あんなあからさまな安い挑発《ちょうはつ》にも乗ってきたんだ。

「君には本当に感謝している。君がいなければ、私はずっと間違《まちが》え続けていた」

「確かに、少し間違えていた部分があったのかもしれませんが、俺はあなたの全てが間違っていたとは思っていません」

「なぜそうと言い切れる？」

「海羽《みう》さんの笑顔《えがお》を見れば分かります」

もし嵐山《らんざん》様が本当に全てを間違えていたのなら、海羽《みう》さんは笑えていなかったはずだ。

わだかまりが解けることもなかった。憎しみの渦《うず》に溺れていたって不思議ではない。兄妹が手を取り、泳ぎの練習に励《はげ》むなんてこともできなかっただろう。

だけど海羽《みう》さんは手を差し伸べ、兄妹は互《たが》いの手を掴んだ。今度こそ決して手放さなかった。そうなったのは、海羽《みう》さんが嵐山《らんざん》様のことを心から憎んではいなかったからだ。

「……敵《かな》わないな。君には」

「もったいなきお言葉です」

月明かりに照らされた海はとても幻想的《げんそうてき》で、今にも消えてしまいそうで。そんな儚《はかな》さに思わず目が引き寄せられる。

静かな波の音が場を満たした後、嵐山《らんざん》様は手を差し出してきた。今、この場にいるのは『四元院《しげんいん》家次期当主』ではなく、『四元院嵐山《しげんいんらんざん》』という一人の人間。彼から差し出された手に応え、握手《あくしゅ》を交《か》わす。

「夜霧影人《やぎりえいと》。私は君への感謝を生涯《しょうがい》忘れない。これから先、何かあれば君の力となることを約束しよう」

「海羽《みう》さんの一件は俺だけの力じゃありません。雪道《ゆきみち》、お嬢、乙葉《おとは》さん。そして海羽《みう》さん本人の努力と心が為《な》したものです」

そう返すと、嵐山《らんざん》様は苦笑《くしょう》した。

「分かった、そのことも胸の内に刻んでおこう」

「ありがとうございます」

俺だけの手柄《てがら》と思われてしまうのは避《さ》けたかった。むしろ俺だけでは何もできなかっただろう。

「まったく……謙虚《けんきょ》というか、欲がないというか……心配になるぞ」

「そうですか?」

「ああ。守ってやりたくなる」

心なしか、言葉に熱がこもっているような……。

海羽《みう》さんのこともそうだけど、嵐山《らんざん》様って根が過保護な方なのかな。

「俺はどちらかというと、守る側なのですが……」

「守る側が守られる側になることもあるだろう」

……嬉しいな。嵐山《らんざん》様ほどの方にこうやって目をかけてもらえるのは。

これまで積み重ねてきた努力が間違ってはいなかったのだと思える。

「どうだ、いっそ海羽《みう》と結婚《けっこん》して四元院《しげんいん》家の婿《むこ》にならないか。私も歓迎《かんげい》する。君が義弟《ぎてい》になるならばこれ以上の喜びはない」

「嬉しいお誘《さそ》いですが、俺の命はその一片《いっぺん》、塵《ちり》の一つに至るまで、お嬢のために使うと決めています。……それに何よりも、海羽《みう》さんは俺にはもったいないほど魅力的《みりょくてき》な人ですし、彼女《かのじょ》の気持ちもありますから」

嵐山《らんざん》様からここまで言ってもらえるのは嬉しいが、俺は海羽《みう》さんの友人でもある。

海羽《みう》さんには、彼女が心から好いている人と結ばれてほしい。無論、四元院《しげんいん》家ほどの名家ともなれば恋愛結婚《れんあいけっこん》が必ずできるという保証はないが、それでも友人として幸せを願うぐらいは許されてもいいだろう。

「海羽《みう》の気持ちは問題ないと思うのだが…………だが、まあ、そうだな。天堂《てんどう》家の番犬を引き抜いたとあっては私が天堂星音《てんどうほしね》に恨《うら》まれてしまう。気が急《せ》いてしまったな」

そう言うと、嵐山《らんざん》様は腕時計《うでどけい》に視線を落とした。

「……すまない。そろそろ時間だ」

「次の予定ですか」

「ああ。名残惜《なごりお》しいがな。特に、これから妹と言葉を交わす時間を作らねばならん。そのためのスケジュールの調整は、どうしても必要だ」

これなら、きっともう大丈夫だ。海羽《みう》さんも、嵐山《らんざん》様も。

「さらばだ、夜霧影人《やぎりえいと》。また会おう」

「ええ。また会いましょう。いってらっしゃいませ、嵐山《らんざん》様」

去り行く次期当主の背中を見送って――リゾート地での日々は幕を閉じた。

☆

「――で、めでたしめでたし、と。ふーん？　よかったじゃん？　丸く収まって」

俺の報告をカフェで聞いていた雪道《ゆきみち》は、退屈《たいくつ》そうに話をまとめた。

リゾート地から帰ってきた後、今回の一件に協力してくれた雪道《ゆきみち》への報告とお礼を兼《か》ねて遊びに誘ったのだが、肝心《かんじん》の報告を聞いても反応が薄《うす》い。

「なんだ、興味なさそうだな」

「そりゃそうだ。だいたい予想通りだったからな」

「予想通り？　どこからどこまでが？」

「お前が協力してくれって連絡《れんらく》をよこしてきた時、だいたいの事情は聞いたろ。その時から丸く収まることはなんとなくわかってた」

「わかってた？　なんでだよ。あの時点ではまだ、どう転ぶかはわからなかっただろ」

「理屈《りくつ》じゃない。言ってしまえば勘《かん》だね。お前なら何とかするって確信があったんだよ。オレの親友、夜霧影人《やぎりえいと》ってのはそういうやつだ」

「…………そっか」

うん。嬉しい。親友からそう言ってもらえるのは……格別に嬉しいな。

「しっかしまぁ、普通の高校生らしい生活がしたくてわざわざ一人暮らしまで始めたってのに、何の成果も得られてなくないか？」

「そこなんだよな……正直、焦《あせ》ってるよ。経験を糧《かて》にして、自分を磨《みが》いて、お嬢に仕える者として更《さら》なる研鑽《けんさん》を……って思ってたのに」

なんだかんだとお嬢離《じょうばな》れが出来なかったな。

このままだと俺はいつまでも進歩がないままだ。

「まァ、あれだな。普通の高校生なんてなろうと思ってなるもんじゃないしな。それにお前の場合、どうあがいたってなれっこなさそうだし」

「どうあがいたって、ってのは言いすぎじゃないか？」

「そうか？　でも全部まっ白にして一から始めるぐらいしないと無理だと思うけどなぁ」

「全部真っ白にして一からって、それこそどうやるんだよ」

難しい。普通の高校生らしいことを求めて色々やってみたけど、結局どれもしっくりこなかった。

「普通……普通かぁ……普通って、どうすればなれるんだろうな」

夏休み中、常に俺の頭を悩《なや》ませていた、未解決の課題。

それが解決できぬまま日々が過ぎ去っていったが——まさかあんな方法で、解決することになるとは。

この時の俺は、想像もしていなかった。

☆

心臓が冷たい。鼓動《こどう》が速い。

今まで生きてきて、ここまで必死に走った瞬間《しゅんかん》はないかもしれない。

一秒でも一歩でも速く、ただ速く、前に進む。

——天堂《てんどう》家の任務中に影人《えいと》が負傷した。

天堂《てんどう》家の使用人である及川真紀《おいかわまき》からその連絡を受けた私は、すぐに屋敷《やしき》の医務室へと駆《か》け込《こ》んでいた。

死んではいない。だから大丈夫。大丈夫と自分に言い聞かせる。

「影人《えいと》っ！」

医務室の扉《とびら》を叩きつけるように開き、中に入る。

「……………………」

頭に包帯を巻いていた影人《えいと》は上半身を起こした状態でベッドにいて、ぼーっと窓の外を眺めていた。その姿に安堵《あんど》する。

「よか、ったぁ……」

生きてた。頭に包帯を巻いているようだけど、それでも……生きてた。

「無事なのね。ああ、本当によかった……」

「見た目は大げさですが怪我《けが》の方は大したことはないようです。命に別状もありません」

真紀が淡々《たんたん》と説明してくれる。だけどどこか、ぎこちない感じ。何か隠してる？

「任務中に負傷したって話よね？　何があったの？　どんな任務だったの？」

「天堂《てんどう》家を狙《ねら》う某組《ぼうそ》織《しき》が開発した新型無人兵器を、研究施設《しせつ》ごと壊滅《かいめつ》させる任務です。乗り込んだ時にはその試作機が完成していたらしく……」

「まさか……そこで新型無人兵器とやらに……？」

「あ、それ自体は二秒でスクラップにしてました」

「二秒でスクラップ」

「光速で発射されるレーザーを殴《なぐ》り返したんです」

「コウソクデ ハッシャサレル レーザー ヲ ナグリカエシタ？？？？？」

どんなデタラメなことしてるのよ。

思わず私ですら知らない未知の言語かと思って聞き返しちゃったじゃない。

真紀の反応を見るにそれが普通って顔してるけど、うちの使用人たちどう考えてもおかしくない？

「施設も完全に破壊《はかい》し、データもオリジナルを含《ふく》め全て消去することに成功しました」

「そ、そう？　色々とツッコミ所はあるけど、任務自体は成功してるのね……じゃあ、どうして怪我を？」

「その後に、落ちていたバナナの皮に足を滑《すべ》らせて頭を打ちました」

「そんな古典的なやつだったの⁉」

私の心配を返してほしい。いや、頭を打ったんだから大事なのは確かなんだけど。

そもそも直前にしていたこととスケールが合ってなさすぎじゃない……？

「ただ、まあ……そのせいで厄介《やっかい》なことが起きてしまいまして……」

言い淀《よど》む真紀。どうやら問題そのものは別に起きているらしい。

「厄介なことって？」

「それは、その……」

視線を感じたのだろうか。窓の外を見ていた影人《えいと》は、私の方を見て――。

（……あれ？）

小さな違和感《いわかん》。私が来たのに。こうやって目の前で話してるのに。

影人《えいと》はどうして、今になるまで一度も私を見なかったんだろう。

「……もしかして」

そんな、抱《いだ》いた小さな違和感の答えは、すぐに影人《えいと》の方から示された。

「あなたが、俺のご主人様だったりします？」


――――。


「あ、あれ？　もしかして、違った……？　ごめんなさい。俺、色々忘れてるらしくて」

言葉が出なかった。

そうやって固まっている私を見て、真紀は言いづらそうに真実を告げる。

「頭を打った時の衝撃《しょうげき》が原因で……影人《えいと》は、記憶喪失《きおくそうしつ》になってしまったようです」

番外編　お嬢、恋愛映画を観る

「影人《えいと》、私の部屋で一緒に映画を観ましょう」

海羽《みう》さんとの嵐山《らんざん》様の一件から、しばらく経《た》ったある日――――。

俺の部屋を訪《おとず》れたお嬢は、唐突《とうとつ》にそんなことを言い出した。

「それは構いませんが……お嬢の部屋で、ですか？　天堂《てんどう》家に戻《もど》れば設備も整っています
し、映画館よりも快適な鑑賞《かんしょう》が出来ると思うのですが……」

今のお嬢の住まいは、俺の借りているマンションの隣《となり》だ。

屋敷にある設備とは、それこそ普通の部屋と映画館ぐらいの差がある。

「それは否定しないけれど、だからこそよ。新鮮《しんせん》じゃない？　こういうの」

「なるほど」

それは一理ある。なまじ屋敷は設備が整っているだけに、こうした一般的《いっぱんてき》な設備での鑑
賞は、お嬢にとって新鮮な体験となるのだろう。

「そうと決まれば、さっそくお部屋にいらっしゃい。実はもう準備は出来てるの」

「準備がいいですね」

お嬢に招かれる形で隣の部屋に移動すると、映画鑑賞の準備は整っていた。

ミニテーブルの上にはお菓子《かし》やジュースが並べられており、二人分のクッションまで完備している。庶民的《しょみんてき》な部屋にはもうずいぶんと慣れたようだ。

（……ん？）

違和感。家具の配置が変わっている。それに部屋のあちこちにある小物も、見覚えのないものが多い。気分転換《てんかん》でもしたかったのかな。家具の配置を変えたいなら、俺を呼んでくれればよかったのに。

「ふふん。どう？　完璧《かんぺき》でしょ？」

「素敵《すてき》なお部屋だと思います」

胸を張って自慢《じまん》するようなお嬢が微笑《ほほえ》ましい。

二人で一緒に座《すわ》り、お嬢はテーブルの上に置いていたリモコンを操作する。

サブスク登録している動画サイトが立ち上がり、テレビ画面に表示された。あらかじめいくつか目星をつけていたのだろうか。お気に入りリストに何本か入っている。

「どれを観るんですか？」

「これよ」

お嬢が選んだのは、去年頃《ごろ》に話題になっていた恋愛映画だ。

興行収入も好調で、雪道《ゆきみち》から聞いた話ではレビューサイトの評価も高いらしい。

「いいと思います」

「…………………」

「お嬢？」

「……なんでもないわ。じゃあ、再生するわね」

妙《みょう》に視線を感じながらも、お嬢は映画を再生させた。

映画か。普段《ふだん》はあまり見ないから、ちょっと楽しみだな。

☆

特に影人《えいと》と進展のないまま浪費《ろうひ》されていく夏休み。

それを憂《うれ》えた天才（天災ではない）たる私の頭脳は、急に閃《ひらめ》いてしまった。

——恋愛映画でドキドキ☆作戦を。

これは文字面《もじづら》の通り、影人《えいと》と一緒に恋愛映画を観るという作戦だ。

傍《はた》から聞けばありきたり……王道的な作戦なのかもしれない。むしろ「え？　まだそんな誰でも二秒で思いつきそうな作戦を実行していなかったの？」というツッコミさえ飛んでくることだろう。

……………認めてあげる。確かに私は今まで、無駄《むだ》に凝《こ》った作戦ばかりを実行してきた。

だってほら、私って天才だし？（何度も繰《く》り返すようだけど天災ではない）

それ故に、こうした王道な作戦は取りこぼしがちだった。

だけど！　だからこそ！　今回はこうやって王道に敢《あ》えて踏み込んだの！

しかもこの恋愛映画、『高校生の男女が夏休みの間に同棲《どうせい》して恋愛関係に発展していく』という内容なのだ。

……そう。今の私達の状況《じょうきょう》に似ている。この状況で、この内容の映画を観れば、きっと影人《えいと》だってドキドキ☆してくれるに違いない！

この映画を見つけた時は、まさに天啓《てんけい》を得た気分だった。

神様なんて信じちゃいないけど、今だけは信じてあげよう。この私が特別に。きっと今《いま》頃《ごろ》、神様とやらも感動してむせび泣いてるわね。また神話が一つ生まれてしまったわ。

と、いうわけで。

私は色々な準備を済ませ、影人《えいと》も誘い、さっそく映画を観ることにした。

「どれを観るんですか?」

「これよ」

ほら、見て! タイトル! 『ひと夏のふたり暮らし』! 今の私たちみたいじゃない?

今の私たちそのものでしょ!?

「いいと思います」

「…………………」

影人《えいと》はまったくの無反応だった。

意識しているようなそぶりは……悲しいほどに無い。無の無の無だ。

「お嬢?」

「……なんでもないわ。じゃあ、再生するわね」

まあ、いいでしょう。映画を観る前に落とせると考えるほど、私だって単純じゃない。

むしろここからが本番。そして本編。

この作戦を閃いてから私は入念な準備を重ねてきた。

この映画はもう既《すで》に一人で何回も見て、どのタイミングでどんなシーンが来るのかを完全に頭に叩《たた》き込んでいる。何なら実際のロケ現場にも足を運んで調査を行い、更には制作スタッフにも接触《せっしょく》し、映画に登場する同棲部屋の図面を手に入れて家具の配置を変え、小物も可能な限り同じものを用意した。あとはシーン毎《ごと》に影人《えいと》の反応をうかがいつつ、仕掛《しか》けるだけ！

（ふふん。やっぱり、完璧ね）

完璧。完全。一分の隙《すき》もない作戦。

どうして最初からこれを実行しなかったのか、自分で自分が分からないぐらいよ。

（さあ、覚悟《かくご》しなさい影人《えいと》！　今日が年貢《ねんぐ》の納め時よ！）

映画が始まった。

ヒーローとヒロインが出会い、夏休み限定で二人の同棲が始まる流れだ。

同棲してから初めのうちの二人はぎこちない。だけど一緒に家で映画鑑賞したことがきっかけで打ち解けていく。

そして……ここが私にとって、最初の仕掛けどころ。

まずはジャブ。私は、影人《えいと》にこう切り出すのだ。

——お家で映画鑑賞なんて、今の私達と同じね。

これだ。影人《えいと》がこの状況に何も考えていないことなんて分かっていた。

だからこそ、まずはこのセリフで意識させる！

「────────お、」

瞬間。

私の天才的な頭脳は、この土壇場《どたんば》の状況においてまたもや閃きを得た。

（いや、待って……映画を観てる最中に話しかけてくる女の子って、どうなの……!?）

それは、（繰り返すようだけど）私の天才的な頭脳が鳴らしたアラート。

本来なら映画のシーンに合わせて言葉によるアプローチを仕掛けるつもりだった。

しかし考えてみれば私達は今、映画鑑賞をしているのだ。

映画を観ている最中に隣から話しかけられれば、映画に集中できない。

映画館だったらマナー違反《いはん》だ。感動や興奮のあまり声が漏《も》れてくるのならそれは仕方がないけれど、私の作戦はそれらの例に該当《がいとう》しない。

でもここは映画館じゃない。家だ。自宅での映画鑑賞だ。

ちょっとぐらい…………いや、だめよ。冷静になりなさい天堂星音《てんどうほしね》。

影人《えいと》は純粋《じゅんすい》に映画を観にきているわけだし、自分の家だからって一緒に観ている人に対する配慮《はいりょ》を忘れていいわけがない。

（言葉を……飲《の》み込む……！　閉じろ、私の口……！）

開いた口を閉じないと……！

影人《えいと》にマナーのなってない子って思われちゃう……！

そんなことに、なる、ぐらいなら――……！

「おうるちゃあっ！」

「お嬢⁉」

間に合った。

自分で自分の顔をビンタして、影人《えいと》に話しかけるという動作を防いだ。

流石《さすが》は私。完璧な作戦の穴を感じ取って危機を回避《かいひ》した。

「ど、どうされたんですか⁉」

「なんでもないわ」

「『おうるちゃあっ！』って言ってましたよ⁉」

「映画に集中しましょう」

「無理ですよ！」

「影人《えいと》。常識に囚《とら》われてどうするの？」

「お嬢は常識から脱獄《だつごく》しすぎです！」

まずい。影人《えいと》には映画に集中してもらわないといけないのに。

「急にごめんなさい。蚊《か》が止まっていたから、つい」

「そ、そうですか……でも、蚊なんていましたか……？」

「いたのよ」

とりあえずそれで言いくるめ、映画の続きを観ることにした。


〜二時間後〜


（結局、何も…………何も、出来なかったッ…………………！）

最初にやらかしてしまったのが大きかった。

私は何もすることが出来ず、ただただ悔《く》やみながらエンドロールを迎《むか》えてしまった。

誰よこんなクソみたいな作戦考えたの。

バカじゃないの？　映画を観てる最中に話しかけるとか無理があるでしょ。

完璧どころか穴が開きすぎてハチの巣になってるじゃないのよ。

……だけど私は天堂星音《てんどうほしね》。

こんなこともあろうかと（見栄《みえ》をはった）、映画を鑑賞し終えた後にも実行する作戦を残しているのよ！

「評判通り、面白《おもしろ》い映画でしたね」

「そうね。何回見ても面白いわ」

「あはは。お嬢、それは何回も観てる人の感想ですよ」

観てるのよ。作戦を立てるために。ほとんど無駄になったけど。

「ところで、影人《えいと》はどんなシーンが好きだった？」

誰《だれ》かと一緒に映画鑑賞を終えたなら、その次に行うのはやはり映画の感想を話し合うことだろう。恋愛映画の感想を影人《えいと》に質問することで、影人《えいと》の好みや傾向《けいこう》を本人の口から語ってもらうことができる！

今までの私なら、最初の作戦が潰《つい》えた段階で詰《つ》んでいたでしょうね。

だけど今の私は違《ちが》う！　この夏、天堂星音《てんどうほしね》は進化したの！

いうなれば今の私は、天堂星音《てんどうほしね》ＭａｒｋⅡ《マークツー》！

「そうですね…………やっぱり、あそこでしょうか」

「あそこ？」

「ほら、二人が飛行機に乗っているシーンがあったじゃないですか」

「……！　ええ、あったわね」

あのシーンは、ヒロインが自分と確執《かくしつ》のある両親に会いに、海外に行くシーンだ。

夜の飛行機の機内。二人は周りから隠《かく》れるように、こっそりと口づけを交わす。

観客の間でも、とても評判の良いシーンだ。

実は私も好きだったりするのだけれど、まさか影人《えいと》も好きだったなんて……！

勝った！　これは勝った！　勝ち確よ！

「俺はあそこの、飛行機が離陸《りりく》するシーンが好きです。あのシーンを観ていると……昔、旅客機《りよかくき》の上で天堂《てんどう》家を狙う刺客《しかく》と戦った時のことを思い出すんですよね。妙な手品を使ってくる不思議な相手でしたが、敵ながら気骨のある良い相手でした」

なんかヘンなこと思い出してた！

だったらもうこの映画じゃなくてもいいじゃないのよ！

「お嬢は好きなシーンとかあるんですか？」

「その言葉を待ってたわ」

「待ってたんですか」

いけない。本当に待ち望んでいた言葉が返ってきたので、つい、うっかり。

「私は……二人が家で過ごしていたシーンよ」

「？　該当箇所《がいとうかしょ》が多すぎるような……」

当然だ。何しろこれは二人が同棲する映画。

そういうシーンは多いに決まっている。更に言えば敢えてはぐらかした言い方をした。

「こういう、シーンよ」

傍に座っていた影人《えいと》の体に、体全体の体重を預けるように倒《たお》れこむ。

きっと私のことを気遣《きづか》ってくれたのだろう。呆気《あっけ》ないほど簡単に、影人《えいと》は私の体を受け止めて床《ゆか》に倒れた。

「お嬢？」

「あったでしょう？　ヒロインが足を滑らせて、倒れて……間違って、相手を押《お》し倒してしまったシーン」

「……確かに、ありましたね」

ちなみに映画の女優より私の方が胸が大きい。

「影人《えいと》は、嫌《きら》い？　あのシーン……」

「俺も好きですよ。ああいうの観ると、ちょっとドキドキしちゃいますよね」

するんだ。影人《えいと》も、ドキドキ。

「あの映画だと、ヒーロー役はこうしてましたよね」

「え？　あっ……」

押し倒されたまま、影人《えいと》は私の体を抱きしめる。

「頭をゆっくりと撫《な》でてあげて……」

「うぅ……」

影人《えいと》の優《やさ》しい手つき。くすぐったい。今にも、溶《と》けてしまいそうだ。

「ダメじゃないですか、お嬢。映画のヒロイン役は、声なんて漏らしてませんでしたよ。あそこはセリフが一切《いっさい》ないのがいいんです」

「そ、そうだけど……でも、こんなの……」

反則だ。

「映画だとこの後、二人は目を合わせるんですよね」

「……………そうね」

「お嬢」

「……………なに?」

「俺とは、目を合わせてくれないんですか?」

「〜〜〜〜……っ!」

できるわけない。そんなの。だって、ここまでされるなんて、思ってなかったから。

「……………影人《えいと》のいじわる」

「そうですね。今、ちょっといじわるしちゃいました」

映画だとこの後、目を合わせた二人はキスをするのだけれども。

……無理だ。今の私には、絶対に無理。こうやって、溶けていることだけで限界だ。

「面白い映画を観て、気分が高ぶってしまったのは理解できます。ですが薄着《うすぎ》でのお戯《たわむ》れは、ほどほどに」

(……お戯れじゃないもん。本気だもん)

返《かえ》り討《う》ちにされた私にできることは、心の中で負け惜《お》しみを言うことだけだった。

■あとがき

はじめましての方は、はじめましてとなります。

久しぶりの方は、久しぶりとなります。左リュウです。

これから読む方も既に読んだ方も、この作品を選んでいただいたことに感謝します。

このあとがきは本編の内容に触れておりますので、本編未読の方はご注意ください。


皆様のおかげで第二巻&コミカライズが決定いたしました。ありがとうございます。

コミカライズはネームの方を確認させていただいたのですが、この段階で既にクオリティがとても高くて、自分もワクワクしています。

このコミカライズを作成していただくにあたり、漫画を担当してくださる八塔雪様の方から、作品に関する大量の質問をいただきました。内心で「凄まじい熱意だ……！」という驚きと喜びがありつつ、「この人なら大丈夫だ！」と心の底から思いました。

質問に対しては、世界観の裏設定も添えて全力で回答させていただきました！　ぼんやりとしていたところも固める良い機会になったので、結果的にプラスしかありません。感謝。ちなみに考えていなかったところは素直に白状しています。

そんな感じで全力で執筆していただいている漫画版ですが、お嬢の可愛さも格段にパワーアップしているので、お楽しみに！

この第二巻本編について。

今回は夏休み編でした。本当はもっと夏らしいイベントを入れようという気持ちもあったのですが、終わってみれば水着ぐらいしかありませんでしたね。もっと夏らしいイベントを用意すればよかったと若干の後悔がありましたが、お団子お嬢をはじめとするヒロインたちの水着姿が魅力的過ぎたのでよしとしています。

水着といえば登場早々にして水着姿をもらった新ヒロイン、四元院海羽。

この第二巻で初登場となった彼女ですが、お嬢様属性が被っているのは完全に作者の趣味です。お嬢様は何人いてもいい。思えば乙葉も、父親が社長なのでお嬢様といえばお嬢様ですね。お嬢様率百パーセント。

乙葉と海羽というキャラクターは、最初から想定されていたわけではありませんでした。

泥棒猫はヒロイン格ではなくモブ的、あるいはゲスト的な存在として都度出していくという方向も考えていましたが、メイン級のヒロインを出した方が作品的にも楽しく面白くなると感じ、乙葉が生まれました。そして乙葉が生まれた時点で、三人目の枠は想定していました。自分の中ではこの星音、乙葉、海羽の三人でワンセットだったので、この第二巻で正規メンバーがようやく揃った感じとなります。これ以上のヒロイン追加は今のところ想定はしておりません。今のところは。

そしてこの三人。恋を張り合う泥棒猫《ライバル》同士ではありますが、同時に友人でもあります。顔を合わせれば普通にお茶をしたりお買い物をしたり遊ぶこともあるでしょう。そしてなんだかんだ根っこのところでは気が合うし息も合います。

しかし泥棒猫《ライバル》であることは、やはり変わりません。

友情を持ったライバル関係がこの三人です（たぶん劇場版で共通の敵となる映画ボスが現れたら共闘してボスを叩くタイプ）。

こういうタイプの関係は好きで、海羽が参戦して以降の展開は書いていて楽しかったです（個人的にお気に入りなところは王様ゲームのイカサマ合戦）。

特に星音は努力する天才型で、かなりハイスペックなキャラクターです。

才能の点で張り合えるのが乙葉で、財力の点で張り合えるのが海羽。そして乙葉と海羽は努力の点でも張り合えます。星音にとっては脅威的な泥棒猫ですが、だからこそ星音と同じ熱量で付き合うことが出来る友人として成り立っているのではと思っています。同じ熱量を持ったライバル兼友人を得られたことは、この三人にとってもとても幸せなことなのではないでしょうか。


このあたりで謝辞を！

まずは編集のA様！　ありがとうございました！　この作品を好きだと言ってくださるA様の言葉にはいつも励まされています！

イラストを担当してくださった竹花ノート様！　今回も素敵なイラストをありがとうございます！　水着のお団子お嬢は破壊力抜群でした！　特に表紙のイラストは、表情や仕草がとても素晴らしかったです！　星音の可能性をぐんぐん広げてくださり感謝！


そして……この本を出版するにあたり力を貸してくださった多くの方々や、この本を手に取ってくれた読者の皆様、ありがとうございます。

またお会いできることを願っております。

HJ文庫 https://firecross.jp/
1163

俺が告白されてから、お嬢の様子がおかしい。2

2024年5月1日　初版発行

著者——左リュウ

発行者—松下大介
発行所—株式会社ホビージャパン

〒151-0053
東京都渋谷区代々木2-15-8
電話　03(5304)7604（編集）
03(5304)9112（営業）

印刷所——大日本印刷株式会社

装丁——小沼早苗（Gibbon）／株式会社エストール

Printed in Japan

ISBN978-4-7986-3534-7　C0193

HJ文庫毎月1日発売！

やがて黒幕へと至る最適解 1

著者／藤木わしろ
イラスト／ne-on

未来知識で最適解を導き、
少年は最強の黒幕へと至る!!

没落した公爵家当主アルテシアに絶対忠誠を誓う青年カルツ。彼はアルテシアの死を回避すべく、準備に十年の時を費やした後で過去世界へと回帰した。そうして10歳の孤児となったカルツは未来の知識を武器に優秀な者達を仲間に加え、アルテシアの幸福のために真の黒幕として暗躍を開始する！

発行：株式会社ホビージャパン